Taumelnde Steine

……..and I need Indian summer.
(*Indian Summer*, The Doors)

In dieser Geschichte treten keine real existierenden Personen oder Charaktere auf. Sollte irgendjemand irgendetwas wiederfinden und auf sich beziehen können, sieht man, wie klein die Welt ist oder wie klein sie sein kann.

Wenn jemand eine Reise tut so kann er was verzählen

(Matthias Claudius)

1

Mein Name ist Robert Schröder. Ich sitze hier in einer meiner Stammkneipen am Tresen. Vierzig Lebensjahre sind überschritten. Seit Jahren.

„Ich verstehe das nicht. Ich möchte doch nur alle Freiheiten, machen was ich will, möglichst wenig zusätzliche Zeit mit ihr verbringen, und erwarte Treue, Begeisterung, absolute Loyalität, gutes Essen und gute Laune. Ist das denn zu viel verlangt? Jedes Mal gibt es Streit wegen irgendwelcher Nichtigkeiten, als würde es im Grunde der Beziehung nicht stimmen." „Habt ihr schon mal über Paartherapie nachgedacht?" „Ja, natürlich. Ich denke, da muss sie hin." „Klingt vernünftig." „Ich liebe sie, aber es ist so verdammt schwierig, den richtigen Lebensstil zu finden, der permanent inwendig - tief innerlich - zufrieden macht und auch noch gut aussieht." „Das suchen alle. Du bist ein ganz schöner Jammerlappen." „Ist das wirklich schon jammern oder noch nachdenken auf hohem Niveau? Egal, ich gehe jetzt, mir reicht`s." Im Hintergrund beginnt `Kashmir` in einer Live-Version von Led Zeppelin, subversiv-dunkel-düster. Diese Kneipe hat Niveau, zumindest ein paar niveauvolle Minuten. „Noch ein Bier und bezahlen, bitte!" „Was hatten Sie denn?" Ein peinlicher Moment, von einer einigermaßen hübschen Studentin gesiezt zu werden, und das läuft schon seit zig Jahren so. „Ich denke, es waren acht, mit dem jetzt neun“ „Moment, ich zähle mal die Striche auf Ihrem Bierdeckel. Ja, stimmt, es sind neun. Macht 31,50 Euro, bitte.“ „Mach 34... Du hast das im Kopf ausgerechnet, Sozialpädagogik studierst du nicht.“ „Ich studiere Sozialarbeit. Aber was machen Sie in Ihrem Alter noch in DIESER Kneipe?“ „Saufen.“

Vielleicht ist ein Urlaub die richtige Lösung? Noch unter dem Eindruck des Gesprächs mit meinem langjährigen Trink- und Rumhur-Freund Rainer Town, rumhuren nicht im Sinne von mit ihm, sondern eher konservativ und erfolgreich nur von seiner Seite praktiziert, verlasse ich das `Meet You` abgefüllt reflektiert. Rainer Town, Sympath, seit 23 Jahren Assistenzarzt in einer geriatrischen Klinik mit den Fachgebieten Blutabnahme und Pulsmessung. Er hat eine Neigung zu großflächigen, unzusammenhängenden Tätowierungen, verteilt auf den ganzen Körper. Die Kombination Tattoos und Arzt reicht auch mit 46 Jahren noch für fast jede Krankenschwester und viele andere Frauen aus dem aktiven Pflegedienst.

Blätter fliegen umher, während ich die gepflasterte Straße am unteren Marktplatz entlanglaufe; vom Wind aufgewühlte Blätter, ihre Farben sind nicht sichtbar, es ist dunkel, es ist spät, wahrscheinlich goldgelb, braun, eine Mischung.

2

Der Urlaub beginnt verheißungsvoll, wie man dies von einer Pauschalreise erwarten darf. Einvernehmlicher Sex am Vorabend, die feste Zusage von Ivonne, am nächsten Tag wirklich mitzufahren, es läuft. Alles hatte sich verändert im Laufe von fünf Jahren… Ivys Meinung nach nichts. Am Anfang war ein Verhältnis, entstanden aus Einsamkeit, Frustration, Langeweile. Aus Gründen, aus denen viele Dinge entstehen. Aus suchenden, emotionalen Gründen. Oder war es profaner? Es entwickelte sich mehr. Für mich war es auch nicht so einfach, in eine „glückliche“ Ehe einzudringen, sie mitzuzerstören - empfänglich für Schuldgefühle, in der Lage, mich in die Gesamtsituation hineinzudenken. Verantwortungsbewusste Zerstörung. Macht nicht nur glücklich. Verdammte Pauschalreisen. Man muss sich um nichts kümmern, aber irgendwie ist immer noch alles zu viel. Koffer packen. Schließen. Wieder öffnen. Nachpacken. Was nehme ich mit? Wen lasse ich da? Diese Prozeduren werden von den Reiseveranstaltern nicht aufgefangen, noch nicht.

Die Fahrt mit dem Auto von Würzburg nach Stuttgart, unter leichtem Nieselregen, ist nicht weiter erwähnenswert. Endlose Aneinanderreihungen von

Pkws, jede Menge Lkws, zu viele Schilder und Baustellen. Rainer Town sitzt im hinteren Abteil des Wagens, auf der Rücksitzbank des VW Passat Kombis, und denkt, wie üblich, über Frauen nach. Über vergangene, gegenwärtige und zukünftige. Vor allem die, die ihn bisher nicht erhört haben, beanspruchen und strapazieren seine Aufmerksamkeit große Teile des Tages. „Kürzlich hat mich eine auf Facebook ständig angeschrieben, immer mit dämlich grinsenden Smileys, den ganzen Tag lang. Wir haben uns um zehn Uhr abends im `Treu` verabredet, um halb zehn sagt sie mir ab, sie sei zu müde. Das gibt's doch nicht, oder?" „Verdammte Lkws und eine Baustelle nach der anderen." „Aber landschaftlich ganz schön, das Taubertal, Robert." „Na ja, Germany bleibt Germany. Ich benötige neue Eindrücke, Ivy." „Stimmt, ich freue mich auch auf die Türkei."

„Und dann rufe ich sie an, und diese dumme Tussi sagt mir noch, ich bin nicht so eine, wie du denkst, und ich sage, kein Problem, dann trinken wir nur etwas, und sie antwortet **ach nee, lieber nicht**. Die ist für mich gestorben."

„Ob man die Landschaft überhaupt richtig genießen kann beim Autofahren, da bin ich mir nicht sicher." „Richtig in der Landschaft sein, ein Eintauchen ist es nicht", entgegnet Ivy. „Ja, das meditative Element fehlt, du befindest dich im Auto. An Geschwindigkeit habe ich immer noch Spaß, vor allem die 60km/h beim Durchfahren der Baustellen beglücken mich." „Sei nicht so ein verdammter Miesmacher, es ist der erste Urlaubstag." „Kann man die Autofahrt schon zum Urlaub zählen?"

„Jetzt sehe ich die Tussi vor drei Tagen auf einem Weinfest wieder - und was macht sie? Schnullert die ganze Zeit mit so einem Typen auf einer Bierbank rum, lässt sich von dem Schwachmaten ständig die Zunge in den Hals schieben. Das gibt es doch nicht!"

Der Vollständigkeit halber, wir sind zu viert. Andi Braun war noch kurzentschlossen mitgekommen, ein guter Bekannter von uns, Rainers bester Freund. Er redet nicht während der Fahrt, aus einer gesunden Gleichgültigkeit heraus, aus Desinteresse und Apathie. Ich vermute, es hat ihm bisher nicht alles gefallen, was er gesehen hat.

3

Am Flughafen angekommen stellen wir das Auto in einem Parkhaus ab. Ich ziehe das dazu berechtigende Ticket am Automaten. Nicht nur das Reisen, auch das Abstellen kostet Geld. Wir nehmen unsere Koffer, Trolleys und das Handgepäck aus dem Auto, gehen über ein Rollband in das Flughafengebäude.

Informationsschalter der Reisegesellschaften und Anzeigetafeln der An- und Abflüge empfangen uns. Eine größere Menschenmenge mit Reisegepäck wartet in einer Schlange darauf, von professionell ausgebildeten Flughafenfachangestellten freundlich abgefertigt zu werden. Ausweiskontrolle und Gepäckaufgabe. Der Flughafen ist gut besucht an diesem Montagmorgen. Familien, Kinder, Rucksacktraveller, Geschäftsleute, streunende Hunde, Spätaussiedler, Prothesenträger, Endoprothesenträger, verspätete Kriegsheimkehrer, Reisende, auf dem Boden gebliebene Reisende… Eine Frau - Mitte fünfzig, parfümiert, geschminkt und geliftet, Rubens-Figur, ein guter Charakter voller Güte - trägt einen breitkrempigen, verzierten, roten Hut und hält in ihrer Hand einen kleinen Käfig mit einem noch kleineren, winzigen Hündchen darin.

Ohne weitere Vorkommnisse passieren wir den Zoll und die Security-Kontrollen. Wir halten uns nicht lange an den vorhandenen Einkaufsmöglichkeiten auf, die das Shopping Center des Flughafens bietet. Genauso gut könnten wir durch die Einkaufspassage irgendeiner deutschen Stadt laufen. Deckungsgleiche Erscheinungsbilder, immer gleiche Handelsketten, oft überflüssige Produkte...

Vor dem Betreten der Abflughalle läuft noch eine Ausweiskontrolle ab, die einem bewusst werden lässt, in ein Nicht-EU-Land einreisen zu wollen. Es bildet sich wieder eine Schlange. Ein Großteil der ausreisewilligen Touristen wird, wenn überhaupt, schnell kontrolliert - nur die türkischstämmigen Reisenden, ob mit oder ohne Kopftuch, werden intensiv und langatmig überprüft.

4

Die Boing 707 rollt die Startbahn entlang, nimmt Geschwindigkeit auf, hebt ab und steigt nach oben. Ein gutes Zeichen. Die anfangs noch klare Sicht auf die Stadt und die unmittelbare Umgebung, alles deutlich Erkennbare, verschwindet langsam. Nach einer Weile fliegen wir durch ein länger anhaltendes Wolkenfeld. Wir sitzen im mittleren Bereich, Reihe 32, Ivonne am Fensterplatz, ich in der Mitte, Andi daneben, durch den Gang getrennt Rainer, zwei männliche Nachbarn neben sich akzeptierend. Ivonne fängt nach einer Weile, unterstützt durch die Monotonie der Triebwerkgeräusche, an zu dösen. Ich schaue an ihrem fast blonden Haar, den geschlossenen braunen, manchmal traurig wirkenden Augen vorbei zu den Wolken. Alle Erwartungen, Enttäuschungen, Desillusionen schlafend aufgelöst. Ein entspanntes, friedliches Gefühl. Always suffering.

Nach vier Jahren unzähliger Konflikte - Streit, ausgetragen bis aufs Blut, hysterische Attacken, Suff, Aggressionen, Endloswiederholungen immer gleicher, stupider, rechthaberischer Standpunkte - schenkte sie mir an Weihnachten zum `Runterkommen` die autobiografischen Tagebücher von Richard Burton.

Es herrscht eine angenehm träge Atmosphäre an Bord. Urlaubsreife Passagiere hören Musik, lesen Zeitungen, schauen nach draußen, schauen auf Bordbildschirme, warten auf die Stewardess mit den Getränken und den Snacks. Nachdem die Startphase vorüber ist, die ewig lange Durststrecke, in der das Benutzen des Handys nicht gestattet ist, wird es etwas lebhafter. Ständig werden Selfies geschossen, sofort verschickt, auf Facebook gepostet, um alle Bekannten und auch die Nichtinteressierten an sich teilhaben zu lassen. „Ich sitze im Flugzeug, auf dem Weg in den Urlaub." „Ich fotografiere mich." „Ich, auf dem Weg zur Bordtoilette." „Ich, auf der Toilette." „Ich, beim Spülen." Ein japanisches Pärchen benutzt einen Selfie-Stick, um sich noch präziser und mit einer gewissen Distanz abzulichten. Die Vorderleute genießen die pendelnde, künstliche Armverlängerung plus Smartphone zwischen ihren Sitzlehnen.

Andi regt sich ein bisschen auf. „Ich weiß nicht, ich will nicht unbedingt in die Türkei fahren. Dieses Machogehabe, das traditionelle Familienbild, die Politik. Ich mag den Erdogan nicht. Er hat wirtschaftliche Erfolge vorzuweisen, okay, aber der `volksnahe Modernisierer` ist ganz schön abgehoben mittlerweile. Ich möchte nicht politisieren, aber ich denke die absolute Monarchie mit ihm als Herrscher würde gut in sein Konzept passen. Und er war verdammt nah am EU-Beitritt." -Andi gähnt. „Irgendwo hast du Recht, aber wir reisen nur als Touris in das Land, ist doch egal. Außerdem sitzen wir schon im Flugzeug." „Ok, tun wir dem Land etwas Gutes, obwohl es sich trotz 70 Millionen Einwohnern selbst versorgen kann und besuchen es." „Großen Teilen der Bevölkerung geht es dreckig, die Bauern besitzen nichts, der Osten ist verarmt, nur im Westen und in den Großstädten stimmt der Lebensstandard." „Dann passen sie ja doch in die EU, wenn die Kluft zwischen Arm und Reich groß ist."

„Wusstest du, dass mittlerweile über eine Million Autos pro Jahr in der Türkei gebaut werden, Marken wie Ford, Fiat und Honda?" Andi geht in die Tiefe. „Nein." „Ich auch nicht, habe es eben im Reiseführer gelesen. Trotzdem, die Türkei… Auf Griechenland hätte ich Bock gehabt, Kreta vielleicht, da war ich noch nicht, soll eine schöne Insel sein." „Dann musst du dich beeilen, Schafe und Ziegen fressen gerade die Insel kahl, karge, wüstenähnliche Landschaften entstehen." „Wieso?" „Die EU zahlt den Bauern Subventionen nach der Anzahl der gehaltenen Tiere. Das verleitet die Bauern dazu, Millionen von Tieren mehr zu züchten, als die Insel verträgt, um ein bisschen von dieser Regelung zu profitieren. Wer will es ihnen verdenken?" „Hör mir auf mit der EU! Von mir aus, eine Woche Party bei Erdogan!"

Von der gegenüberliegenden Seite beugt sich Rainer zu Andi, lehnt sich an ihn, legt ihm seinen Arm um die Schulter und beginnt an sein Ohr gerichtet zu reden - so laut und in einem eher aufgebrachten Tonfall, dass es für mich und wahrscheinlich auch einige andere mühelos zu verstehen ist. „Andi, hast du die Glocken der Stewardess da vorne gesehen? Wahnsinn, das gibt es nicht! So eine Schnuckimaus. Das Gesicht hat auch was. Und Andi, soll ich dir etwas sagen? Sie serviert bis Reihe 30, wir sitzen hier in 32 und werden gleich von der Homolette da hinten bedient. Weißt du jetzt, was ich meine, wenn ich dir immer sage: NICHTS ist steuerbar, NICHTS, NICHTS, NICHTS, alles hängt von einem riesengroßen Zufallsmagneten ab." Hedonistische Bestrebungen verursachen auch Leidensprozesse.

Ich setze die Kopfhörer meines MP 3-Players auf, höre die Arctic Monkeys und lese „Kapital" von John Lanchester. Ein ganz gutes Buch. Es spielt in London und handelt unter anderem von Gier, Finanzkrisen, Schicksalen der gehobenen Mittelschicht, Religion,... Trotz der 800 Seiten relativ kurzweilig zu lesen. Zwischen zwei Kapiteln schaue ich mich im Flugzeug um. Diese ganzen übertriebenen Ich-Bezogenheiten -

ist ja nichts Fremdes... Das oberflächliche, selbstverliebte Getue ist immer noch besser als frustriert und deprimiert durchs Leben zu laufen, denke ich mir. Schadet auch niemandem. Ich nehme meinen Rucksack, der unter dem Sitz als Handgepäck deklariert steht, hole mein Smartphone heraus, schalte es ein, warte bis es hochgefahren ist und knipse in aller Ruhe drei Selfies. Hübsch, ansehnlich. Da ich weder über Facebook kommuniziere noch Whatsapp nutze, sende ich die drei Aufnahmen an meine eigene Handynummer und E-Mail-Adresse. Endlich einmal nur ich.

Der Steward macht mir nicht ganz so viel aus. Ich bestelle Kaffee und O-Saft, für Ivonne Kaffee und Wasser, wir smalltalken. Nach 2 ½ Stunden Flugzeit beginnt der Landeanflug auf Antalya. Die Atmosphäre im Flugzeug wird ruhiger in Erwartung der Landung. Konturen des Taurus-Gebirges erscheinen. Endlos weite, mit Plastikplanen abgedeckte Felder werden sichtbar, ein ernüchternder, leicht befremdlicher Anblick. Darunter reifen Tomaten, bestimmt für die westliche Hemisphäre, angebaut zwischen Okzident und Orient. Wir befinden uns im Sinkflug, Landschafts- und Stadtbilder erscheinen. Die ausgefahrenen Räder setzen auf der Landebahn des Flughafens Antalya auf, eine leichte Erschütterung ist spürbar, die Geschwindigkeit der Maschine wird einem bewusst.

Irgendjemand bremst das Flugzeug ab und bringt es zum Stehen. Der Pilot, sein Co-Pilot, der Steward, vielleicht auch die hübsche Stewardess mit ihrer Überzeugungskraft… Ich weiß es nicht, kann es von meinem Platz aus nicht erkennen.

5

Wir steigen aus, blauer Himmel, Hitze, kein Nebel, keine Wolken. 300 Meter fahren wir monoton die Strecke vom Flieger zur Flughafenhalle in einem dafür bereitstehenden Bus, laufen danach in das Gebäude und direkt zu den Förderbändern der Kofferausgabe. Ein Querschnitt unserer Gesellschaft sammelt sich vor den Bändern, wartet.

Alkoholisierte Studenten. Hart arbeitende Männer, die Familien ernähren und sich den Urlaub gerade so leisten können. Familien. Unauffällige Durchschnitts-büroschläfer auf dem Weg ins Hotel. Umweltaktivisten. Rentner, noch fit, jung geblieben, offen für alles. Praktikanten. Institutionshörige Banker, Basecap tragend. Kassiererinnen aus dem REAL. Mittelständler, das Rückgrat unserer Gesellschaft. Türkische Familien zwischen Heimat und Heimat. Der Bachelor steht da, wartet auf Rosen. Zwei homoerotisch wirkende Individualisten, die mehr vom Land sehen wollen als eine Hotelanlage, kulturbeflissen, bereit, sich den Bräuchen und Gewohnheiten eines Landes zu offenbaren. Gut situierte Leute, denen das Warten, das Fließband, der Urlaub - alles - vollkommen zuwider erscheint. WIR stehen da.

Die Koffer tauchen willkürlich auf, ich denke an den Zufallsmagneten, glaube Rainer. Klar, dass ich den Koffer von Ivonne vom Band ziehe; man weiß, was sich gehört. Andi macht das unaufgefordert bei Rainers Gepäck genauso. Nach Pass- und Zollkontrolle verlassen wir die Halle. Am Ausgang stehen die Reiseleiterinnen oder -leiter der verschiedenen Anbieter und warten hübsch gekleidet, uniformiert, auf ihre Kundschaft. Wir suchen erst einmal die ungemütliche Ecke auf, die für Raucher vorgesehen ist und qualmen eine. Der Kultur des Rauchens wird beinahe jeder Freiraum entzogen. Gleichzeitig wird Tabak angebaut, die Wasserpfeife erlebt eine Renaissance, man pflegt diesen Genuss in Städten, an historischen Plätzen.

Bereits seit Jahrtausenden wird die Türkei als Reiseland von den unterschiedlichsten Völkern genutzt. Völker, Armeen, die zwischen Ost und West das Land durchquerten. Hethiten, Griechen, Römer, Mongolen, Byzantiner. Wir schließen uns diesen Bewegungen an und fahren im TUI-Reisebus vom Flughafen Antalyas 45 Kilometer in nördliche

Richtung nach Belek, in das 5 Sterne Golfhotel „Cornelia de Luxe“.

Die Reiseleiterin steigt ein, erklärt, in ein Mikrophon sprechend: „Es gibt verschiedene Haltestationen, bitte steigen Sie an der Stelle aus, an der unser Busfahrer stehenbleibt und den Namen Ihres Hotels nennt.“ Das leuchtet ein. Mit der Aussage ist der Bann gebrochen, alle Anwesenden im Bus mögen sie, man applaudiert. „Willkommen in der Türkei! Schön, dass Sie über TUI gebucht haben. Ich komme morgen in Ihr Hotel und wir besprechen alles…“. Der Busfahrer, ein braungebrannter, hagerer Mann um die 50, kleiner Schnauzbart, freundliche, milde Gesichtszüge, nutzt die Zeit, steigt aus und raucht eine Zigarette.

„Ein griechischer Busfahrer hätte das im Bus erledigt, maximal seine Fensterscheibe zu zwei Dritteln runtergekurbelt“, sage ich zu Andi, erinnere ihn an sein Wunschziel Griechenland. „Ein griechischer Busfahrer, der was drauf hat, wäre mit der anderen Hand dem TUI-Groupie zur Begrüßung wenigstens über den Po gefahren“, ergänzt Rainer mitdenkend. „Ein griechischer Busfahrer hätte mich schon beim Einsteigen nach meiner Handy-Nummer gefragt“, erweitert Ivy, „und ich hätte sie ihm gegeben.“ „Ein griechischer Busfahrer hätte ein Kreuz in seinem Fahrerbereich oberhalb des Mittelspiegels hängen und darunter die Jungfrau Maria“, reduziere ich.

Wir fahren durch ein mitteleuropäisch wirkendes Landschaftsbild, das Grün erinnert mich an das Grün in Deutschland. Ansonsten wirkt alles ein bisschen karger, spröder, fast steppenhaft. Die Sonnenstrahlen erscheinen nicht ganz so hell, nicht so unmittelbar, der Einfall des Lichts wirkt gedämpfter, orientalisch angehaucht. Ich sitze im Bus, schaue aus dem Fenster. Die Klimaanlage kühlt und rattert. Das Straßennetz ist in den westlichen Gegenden gut ausgebaut, oft vierspurig. Ein Verdienst des Übervaters Erdogan.

Mir fällt ein Türkeiurlaub mit Bekannten, Freunden, Kumpels… vor über 25 Jahren wieder ein. Wir waren mit zwei VW-Bussen unterwegs. Zu acht oder zehnt hingen wir auf einem Camping-Platz am Rande Istanbuls ab und fuhren manchmal in das Stadtinnere, um dort das Gleiche zu tun, unter kulturellen Gesichtspunkten. Auf dem Rückweg wurden wir von einem Militärbus angehalten, unsere Personalien kontrolliert. Einige von uns hatten ihre Ausweise am Campingplatz liegen. ALLE mussten daraufhin mit in ein militantes Verwaltungsgebäude, bis auf einen, der die Ausweise holen durfte und uns dadurch auslöste. Während der Wartezeit standen in dem Raum zwei Soldaten mit Gewehr in der Hand. Okay, nicht im Anschlag, als so schwerwiegend wurde unser `Delikt` nun auch nicht angesehen. Wir hatten noch Glück, Dennis war Halbtürke, konnte perfekt Türkisch sprechen und die ganze Scheiße vermitteln… Wir hatten auch aus anderen Gründen Glück. Glück ist eine Komponente, die zum Spiel gehört. Ich war damals um die 20, fühlte mich oft desillusioniert. Ständig Helmut Kohl im Fernsehen, ein Ende war nicht abzusehen. Die Bundeswehr eine Pflichtveranstaltung, durch Atomwaffen, die den ganzen Erdball ein paar Mal vernichten konnten, erschien sie mir sinnlos. Zum Zivi reichte meine Überzeugung auch nicht, das hätte ja noch länger Dienst schieben für den Staat bedeutet... Woran orientiert man sich, wenn Modern Talking einen Nummer eins Hit nach dem anderen landet? Es gab schon gute Gründe, sich ab und zu mal zu betäuben, selbstverständlich auch im Urlaub, um den Alltag noch weiter wegrücken zu lassen. Es gibt immer gute Gründe. Mit anderen Worten, ich hatte 15 Gramm Haschisch in die Türkei eingeführt. Gekonnt im Fußbett meines Drei- Streifen-Turnschuhes. Die Grenzkontrollen waren verdammt streng, es herrschte, wie gesagt, eine Militärdiktatur. Dennis‘ VW-Bus war tief schwarz lackiert mit großen roten Anarchiesymbolen auf beiden Seiten, auf der Kühlerhaube und dem Kofferraum. Warum er das getan hatte, weiß ich nicht mehr. Wahrscheinlich, weil er gerade ein gutes Abitur hingelegt hatte und zeigen wollte, dass mehr in ihm steckt. Ich saß im anderen Bus. Autos wurden inspiziert, von bewaffneten Soldaten gefilzt, Spürhunde waren im Einsatz. Es war Glück in meiner damals eingebildeten

Desillusion. Sie hätten mich geteert und gefedert, ins Gefängnis gesteckt, verurteilt, auf einer einsamen Insel ausgesetzt.

Der englische Begriff dafür lautet `marooned`. Ein Songtitel auf dem Pink Floyd Album „Division Bell". David Gilmours getragenes Gitarrenspiel umfasst das Gefühl. In einem Wörterbuch steht als Übersetzung „ìsoliert, einsam", in einem anderen „auf einer einsamen Insel ausgesetzt."

Nach einer Stunde stehen wir vor der Eingangspforte des „Cornelia de Luxe". Das Pförtnerhäuschen ist besetzt, der Mann erledigt seinen Job, öffnet die Schranke. Wir fahren durch einen unglaublich gepflegten Eingangsbereich. Blumen in allen Variationen, in allen Farben. Rosen, Tulpen, Chrysanthemen. Palmen, türkischer Mohn, Oleander, Wacholderbüsche. Alles ist begrünt und exotisch bunt. Jeder Grashalm hat exakt die gleiche Höhe, die komplette Anlage wird bewässert. Der Garten Eden. Ungewohnt für einen Menschen, der nahe an der ursprünglichen Natur sturzbetrunken über Lagerfeuer geflogen ist - ohne Fremdeinwirkung - und es meistens gerade so geschafft hat, daneben aufzukommen. Rock´n´Roll als Lebensaufgabe, formvollendet, in Reinkultur. Wir betreten das 5-Sterne-Golfhotel. Keiner von uns interessiert sich auch nur im Entferntesten für Golf. Rainer und ich sind klassische Fußballprolos, Andi ist Physiker, Ivy mag Männer.

„Ein griechischer Busfahrer hat ein Kreuz und die Jungfrau Maria in seinem Bus, raucht, säuft und hat mit der TUI-Reiseverkehrsfachfrau permanent Sex, zwischen den Landungen…“, bespreche ich mit Rainer, während wir vom türkischen Busfahrer unsere Koffer entgegennehmen. Wir verabschieden uns höflichst.

6

Der Reisetag neigt sich dem Ende entgegen, die Sonne geht langsam unter, wir sind angekommen. Mit unserem Gepäck laufen wir durch eine Drehtür in den Eingangsbereich des Hotels. Ein freundliches, entspanntes Ambiente, Marmorboden, großzügig gestalteter Sitzbereich, komfortabel-stilvoll, nicht zu luxuriös, zum Wohlfühlen einladend. Trotz meiner Vorbehalte kann ich die Situation sofort genießen. Es ist wenig los, die Mehrzahl der Gäste ist mit dem Abendessen beschäftigt. Die jungen türkischen Frauen an der Rezeption begrüßen uns herzlich, keineswegs aufgesetzt. Sie vermitteln das Gefühl, dankbar dafür zu sein, hier arbeiten zu können, zu schätzen, dass es Ihnen gut geht. Wir bekommen unsere Zimmerschlüssel und Informationen. Jetzt ist klar, wo sich die Bar befindet.

Wir nehmen den Aufzug, fahren in die vierte Etage, laufen über den langgezogenen, grün gehaltenen Flur, schauen dabei aus den riesigen Fensterfronten auf Bergketten des Taurus-Gebirges. Ivy öffnet die Tür unseres Doppelzimmers 408. Nobel, geräumig, großes Bett, Flachbild, kleiner Balkon, luxuriöses Bad. „Ivy, Täubchen, was machen wir denn jetzt?" „Spazieren gehen, diskutieren, onanie-ren?" „Lass uns doch einen Begrüßungsdrink an der Bar nehmen." „Und das Abendes-sen?" „Später." „Auspacken vorher?" „Mache ich morgen."

Wir gehen die Treppe hinunter in das Foyer und setzen uns im angrenzenden Barbereich an den Tresen. Verschiedene Sitzecken umgeben die Massivholz gestaltete Bar, eine Tanzfläche schließt sich an, Musiker bauen gerade ihre Anlage auf. Ich trinke Bier, Ivonne beginnt mit Wein. Wir unterhalten uns gut über belanglose Dinge, über unseren Job, die Zukunft, das Massivholz, den Steward…

Holländer, Franzosen, Engländer, Russen, Deutsche, Türken stehen am Tresen, vergnügen sich, geeint durch Durst und die Liebe zum Golfsport. Ein Vielvölkerstaat. Nach dem zweiten Drink kommen Andi und Rainer. Rainer unrasiert, trägt orange leuchtende Turnschuhe, eine blaue Basecap, ein buntes T-Shirt und eine in Tarnfarben gehaltene dreiviertellange Freizeithose. Er sieht aus wie der Wolf im Schafspelz oder das Schaf im Wolfspelz. Andi läuft zwei Schritte hinter ihm und macht einen eher gelangweilten Eindruck. Rainer, gut gelaunt, antriebsstark, kommt auf uns zu, dreht sich zu mir und Ivy, begrüßt uns: „Guten Abend, die Damen und Herren, das ist ja das reinste Rentnertreffen hier, wie man so sagt..." Die noch etwas älteren anwesenden Deutschen hören und staunen. „Ich trinke jetzt mit Andi eine Tasse und dann gehen wir in das Städtchen nebenan, wir wollen heute noch ein bisschen was ERLEBEN." Er redet weiter. „Was ist denn das für ein Schiffschaukelbremser da hinten, hast du gesehen, was der für eine Alte hat?" Alles beim ALTEN. Rainer und Andi ziehen nach dem Bier weiter, Ivonne und ich lassen den Abend an der Hotelbar ausklingen.

7

Oh Mann, staubtrockener Mund, schlechter Geschmack, alles dröhnt und vibriert, dumpfe Gefühle überkommen mich, das Grün der Einrichtung wirkt bedrohlich, ich will hier raus. Ein Mörderkater, der erste Urlaubstag beginnt. Ivy kotzt nebenan im Bad, das Geräusch stresst mich zusätzlich.

Take me to the station and put me on a train. I've got no expectations to pass through here again. Die ersten zwei Zeilen eines Jagger-Richards-Song gehen mir durch den Kopf.

Ich habe nichts gegen das Trinken, im Gegenteil. Saufen, stundenlang streiten und nicht schlafen ist die Vorhölle, wenn es eine Hölle gibt. Alles hatte so gemütlich an der Hotelbar angefangen. Nachdem Rainer und Andi weg waren, tranken wir weiter. Ich Bier, später Wein. Ivy-Täubchen Bier, Wein und Raki. Die Band begann *Let it Be* zu spielen und Ivonne wollte mit mir tanzen. „Ivy, der Song geht ja noch, aber von dieser Band gespielt, das hört sich grausam an, da gehe ich nicht auf die Tanzfläche zum Rumzappeln." Ivy reagierte, grinste einen Holländer an. Er stand neben mir, sprach auch Deutsch, wie die meisten Holländer, hatte unseren Dialog verfolgt und forderte Ivonne zum Tanzen auf. Kein Problem, was soll`s! Danach flirteten die beiden ab und zu, sich gut amüsierend. Den Holländer störte es nicht im Geringsten, dass ich auch da war. Ein Ehrenmann. Wir genehmigten uns weitere Drinks, rauchten, redeten. Keine schlechte Stimmung. Irgendwann löste sich alles auf. Die Band hörte auf zu spielen, die meisten Barbesucher waren auf ihre Zimmer gegangen und wir nahmen ein paar Absacker, bis nichts mehr ausgeschenkt wurde. Im Bett ging es dann los.

„Robert, du wärst heute Abend am liebsten mit Rainer und Andi losgezogen, das spüre ich. Du bist nur gezwungenermaßen bei MIR geblieben. Dass ich mit anderen Männern flirte, ist dir auch scheißegal, da sieht man mal, wie WICHTIG ich dir bin…“

Oft laufen komplette Songs durch meine Träume. Ich höre die Musik originalgetreu kurz vor und in der Tiefschlafphase.

“Deine Freunde finde ich eh zum Kotzen, das sind ewig pubertierende Prolos… Ich habe dich genau beobachtet, du hast bei der jungen hübschen türkischen Bedienung viel mehr Drinks bestellt als bei dem Kellner, und die hat dich angeschaut… Du bist echt ein Arsch.“

Wenn wir streiten, klappt das nicht. Dann liege ich stundenlang wach und höre nichts.

“Alles ist dir wichtiger, als ich es bin. Erst kommen deine Kinder, das geht ja noch. Dann Fußball, dann Saufen, dann deine Kumpels, dann das Weggehen, das ständige Feiern... Und ich habe wirklich keine Lust mehr mit dir zusammen zu sein, ich habe mich noch nie so beschissen gefühlt, wie in den letzten fünf Jahren.“

Manchmal bilde ich mir ein, die Musik, die ich höre, ist besser als das Original. Vielleicht arbeite ich im Schlaf an den Stücken.

8

“Gehst du mit frühstücken?“ „Ich kann nicht, ich habe jetzt dreimal gekotzt, mir ist schwindlig, ich lege mich wieder hin.“ Ich ziehe meine Hose an, ein T-Shirt, Schuhe und gehe in den Frühstücksraum im ersten Stock. Ich suche mir einen Platz aus, möglichst weit von meinen Mitmenschen entfernt, hole mir am Buffet Schinken, Ei, Brötchen, Marmelade, O-Saft... Der Kellner serviert Kaffee. Er ist freundlich, zuvorkommend, nicht aufdringlich. Nette Leute hier, zumindest das Personal...

Ruhe, Kaffee, ein reichhaltiges Frühstück. Es schmeckt. Ich fühle mich besser, lasse mir Zeit, genieße es und gehe als einer der Letzten aus dem Frühstücksraum. Auf dem Weg zum Aufzug kommt mir Andi entgegen. „Grüß dich, Robert.“ „Hi Andi, Moin. Alles klar?“ „Geht so, wollte gerade zum Frühstücken, habe einen Riesenhunger, jetzt machen die hier schon um halb zwölf zu, schade. Wie war denn euer Abend gestern noch?“ „Ganz gut, die Band war zu seicht für meinen Geschmack.“

„Bei uns war es ähnlich. Dieses Belek ist nicht groß. Ein Alleinunterhalter hat vor einer Kneipe gespielt. Bin um zwei Uhr gegangen, habe mir ein Taxi geholt.

Rainer hing noch an einer dran.“ „Echt, wundert mich.“ „Ja, aber ich glaube, er kam nicht richtig an, da war noch ein Typ… Er ist gegen vier Uhr zurückgekommen und schläft. Ich lege mich auch wieder hin, war ziemlich abgefüllt am Ende.“ „Okay, wir sehen uns heute Nachmittag am Strand, bis dann.“ „Bis dann. Wo ist Ivy?“ „Schläft noch.“

Was nun? Könnte mal meinen Beziehungsstatus erfragen. Wahrscheinlich zerstritten und ledig… Versöhnungssex? Hatten wir den nicht schon letzte Nacht? Keine Ahnung. Ich mache erst einmal nichts, gehe die Treppe hinunter in den Eingangsbereich der Hotelanlage, schaue an der Rezeption vorbei, schlendere auf einen kleinen, einem Kiosk ähnlichen Laden zu, überlege mir, eine deutsche Zeitung käuflich zu erwerben, lese Schlagzeilen - *Verfassungsschutzbericht, IS -- neue Dimension terroristischer Bedrohung, kein Frieden in der Ukraine* -, verwerfe den Gedanken wieder, laufe durch die Gartenanlage, schaue mich im Hotel um - Fitnessraum, Friseur, ein zweites Restaurant, Billardraum, Bibliothek. Was geht am Pool?

Später registriere ich, fünf Sterne beinhalten mehr. Indoor-Swimming Pool, dreimal Whirlpool, zwei Amphitheater, fünf verschiedene à la carte Restaurants, Crassula Eco Spa (Wellness für Nicht-mehr-zu-Rettende), eine Einkaufsstraße, auch das noch.

Ich gehe ins Zimmer 408. Verletztheit, Kränkungen, Verzweiflung, Schuldzuweisungen, Kater hören auf zu existieren, verschwinden ineinander, gehen ineinander über, befreien sich.

Wir packen unsere Sachen, laufen über die Außenanlage am Pool vorbei an den Strand. Urlauber liegen da, brauchen das Meer nicht. Engländer in weiß-rot, andere Nationalitäten glänzend braun. Auf den Rasenflächen der Anlage sitzen ältere Frauen in Gruppen, verschleiert, bei 35 Grad Mittagshitze, zupfen Unkraut. Nach Mindestlohn sieht das nicht aus. Nur 0,2 % der Türken sind Christen. Anfang des 20. Jahrhunderts lebten mehrere Millionen Christen im damaligen Osmanischen Reich. Die **Vertreibung** der Armenier während des 1. Weltkrieges reduzierte die Anzahl. Zudem gab es einen großen Bevölkerungsaustausch nach dem Ende des türkischen Befreiungskrieges 1923 zwischen Griechenland und der Türkei - vermutlich wurden hauptsächlich Busfahrer ausgetauscht -, das verminderte die Anzahl der Christen weiter. Rund 99,8 % der Bevölkerung sind zum Islam gehörig, 80 % sunnitische Muslime, 19,8 % Aleviten. Die Frauen auf dem Rasen registrieren die Gewohnheiten der westlichen Touristen mit ausdruckslosen Mienen. Schwer einzuschätzen, was in Ihnen vorgeht, wie sie dem `liberalen` Lebensstil gegenüber stehen.

9

Wir erreichen den Strand. Sand, Weite, aufs Meer blicken. Felsen, blaues Wasser, blauer Himmel. Wellen.

Es ist angenehm wenig los. Ein Großteil der Hotelgäste verbringt den Tag auf dem 27 Loch Nick Faldo Golfplatz. In Poloshirts, weißen Hosen, weißen Schuhen. Leute, die wissen, was sie wollen, und das nach außen präsentieren. Keine Mitvierziger, die sich permanent um sich selbst drehen, weil ihnen nicht klar ist, was genau man als Nächstes im Leben machen soll; weil sie noch nicht wahrhaben wollen älter zu werden; weil Entwicklungsschritte nach VORNE anstrengen; weil Karriere und Sicherheitsdenken in Ihrer Einbildung ab einem gewissen Grad blockieren; weil alle Notwendigkeiten erfüllt sind; weil die Zukunft unvorhersehbar ist und zu weites Vorausplanen belastet.

Ivonne, Wissensvermittlerin, Pädagogin, auf den Punkt gebracht Lehrerin, sucht nach Dingen, die sie begeistern oder ihr Wissensspektrum erweitern könnten. Golfspielen gehört nicht dazu. Wir legen uns in den Schatten unter einen Sonnenschirm, die Mittagshitze hat es in sich. „Ich habe keine Lust mehr auf diese Scheiß. Saufereien und Exzesse. Jedes Mal ist der ganze nächste Tag kaputt. Wir machen morgen etwas Kulturelles“, eröffnet sie. „Mal schauen. Am Strand zu liegen ist auch Kultur.“ „Wir mieten uns ein Auto und fahren nach Ephesos.“ „Was gibt es da?“ „Ephesos war eine altgriechische Stadt, früher Finanz- und Handelszentrum. Hier steht: *der Höhepunkt einer Türkeireise, Ruinenstadt, gut erhaltene Theater, Bäder, ein archäologisches Museum…*“ „Ich kenne das, du fährst ewig mit dem Auto, stehst dann schwitzend, bei vierzig Grad mit unzähligen Touristen vor historischen Steinen und in bruchstückhaft erhaltenen Amphitheatern, wartest auf Gefühle und Erleuchtungen, die nicht ein-treten.“ „Deine Einstellung ist armselig, einseitig. Es ist bedauernswert, sich kulturellen Dingen so zu verschließen.“ „Wahrscheinlich hast du Recht, ich fahre mit.“

Das Leben spielt sich am Strand ab. Die unterschiedlichsten Persönlichkeiten treffen hier aufeinander. Im Sand liegen und entspannen Kapitäne, Offiziere, Desperados, Prinzessinnen, Schiffbrüchige, alte Männer an eisernen Krücken, Krankenschwestern, Köche, Hafenarbeiter und alle anderen Erholungsbedürftigen - gestrandet, um sich von der Odyssee des Lebens zu erholen.

Rainer Town und Andi Braun kommen in Adiletten angelaufen. Trendsetter. Wir begrüßen uns. Sie legen sich in den Sand, Rainer erzählt: „Bis 11.30 Uhr Frühstück, damit bin ich raus. Hauptsache, ich habe es BEZAHLT… Groß ist das Belek auch nicht unbedingt. Der Alleinunterhalter hat schlechter gespielt als Hulk, der Stürmer der brasilianischen Nationalmannschaft, während der WM im eigenen Land… Es war fast nichts los, ich war um vier im Hotel." Andi nimmt langsam Fahrt auf, dreht sich auf seinem Handtuch vom Rücken auf den Bauch.

Ich laufe über den Sandstrand, gehe in das kristallklare, türkisblaue Wasser, schwimme ausgiebig. Sonnenlicht spiegelt sich auf der Wasseroberfläche, dreht sich in kleinen, kreisförmigen Bewegungen, kaleidoskopisch, umgeben und getragen von Wellen. Es wird reflektiert. Ich reflektiere. Einige Sätze des gestrigen Streits sitzen noch. Rechtfertigungsdenken und die Suche nach Ursachen beginnen. Bin ich wirklich so ein Arsch, wie Ivy sagt, dem alles andere wichtiger ist? Beziehungsunfähig?

Die Kids - verdammt wichtig, das Leben in Farbe. Fußball - Emotion und Religion, das kann ich beim besten Willen nicht steuern. Saufen - tut sie selbst, das kann kein Vorwurf sein, höchstens ein Unentschieden, ein klassisches Null zu Null. Freunde - braucht jeder. Das Feiern - ein elementares Bedürfnis, hängt mit Freiheit zusammen. Freiheit ist wiederum auch ein elementares Bedürfnis. Ivy danach auf Platz Sechs? Das kann nicht sein, stimmt nicht, ein Scheiß, das sind doch nicht vergleichbare

Größen. Dann fällt mir ein, in der Auflistung fehlen noch die Stones… Ich bin verdammt nah am Konterbier. Liebe macht abhängig.

2008 war ich auf einem Nachholkonzert der *Bigger Bang Tour* in Frankfurt. *Jumpin Jack Flash*, okay. Schon wieder *Brown Sugar*, na ja. *Satisfaction* wird auch noch kommen, wahrscheinlich. Nach ein paar Songs setzt Jagger einen Cowboyhut auf, holt einen Barhocker, lässt sich am vorderen Bühnenrand nieder und beginnt auf der Blues-Harp *Sweet Virginia.* Richards stellt sich irgendwann daneben und spielt Akustik-Gitarre dazu. Egal was jetzt noch kommt, habe ich mir gedacht.

Ich steige aus dem Wasser, gehe zu unserem Platz zurück, setze mich auf mein Handtuch, höre den Dialogen zu, beteilige mich. Es läuft gerade Strandgelaber.

„Ganz schön hier, endlich mal raus." „Da steht ein Security-Man. Gehört der zum Hotel?" „Der Sandstrand hat schon was, ist aber so heiß beim Barfußlaufen. Felsiger Kiesstrand wäre mir lieber." „Wir könnten ein Bier trinken, wer holt?" „Gibt es auch Wein?" „Ob das noch voller wird?" „ Ich glaube, wir waren die Letzten. Vielleicht kommen noch Golfer." „Von der Arroganz der Golfer könnte man sich eine Scheibe abschneiden." „Zu wenig Frauen da." „Hoffentlich bekomme ich im Urlaub nicht meine Tage.“ „Urlaubstage vergehen schnell.“ „Reisetage sind immer anstren-gend.“ „Kosten die Liegestühle und Sonnenschirme extra?“ „Bei fünf Sternen nicht.“ „Wir sind Weltmeister, wir haben vier Sterne.“ „ Eine Brasilianerin mit fünf Sternen wäre auch okay.“ „Hast du gesehen, wie der Typ schwimmt?“ „ An ihrer Stelle würde ich keinen Bikini tragen, zumindest nicht den.“ „Wer hat die Sonnenmilch?“ „Ich trinke keine Milch.“ „Ich gehe jetzt ins Wasser.“ „Ist es kalt?“

Rainer wendet sich an Andi: „Wir gehen die Abendgestaltung professioneller an, google doch bitte mal *Belek-Türkei -Diskotheken*.“ „Ja, du hast Recht, umgehauen hat mich das gestern auch nicht, war eher langweilig.“ „Rainer, logge dich doch in die türkische Version von Parship ein, wir sind immerhin eine Woche hier. Fotografiere dein bestes Stück und stelle es ins Netz“, regt Ivy spitzfindig, aber wohlwollend an. „Google doch *Wein-Weib-Gesang*“, kommentiere ich. „Rainer, was gebe ich jetzt ein?“, fragt Andi. „Google *Türkei-Diskotheken-Belek*. Natürlich mit der Postleitzahl von Belek. Und vielleicht noch *TITTEN*.“

Etwa 30 Meter von uns entfernt liegt ein in die Jahre gekommener Hippie, ein Relikt aus einer anderen Zeit. Liegt er seit den Sechzigern? Ist das ein Batik-Handtuch? Er qualmt die ganze Zeit. Nach einer Weile steht er auf und bewegt sich auf uns zu. Er ist hager, knapp 1,90 m, schätze ich, schlaksig und trägt ein grünes T-Shirt aus Juteleinen, eine graue kurze Hose aus Elefantenhaut und hanfbesohlte Sandalen. Seine Bewegungen laufen so langsam ab, dass es schwer einzuschätzen ist, ob er noch läuft oder wieder steht. Das Leistungsprinzip hat hier keinen Vorrang.

„Hi, ich bin Gereon." Wir stellen uns vor. „Sagt mal, könnt ihr mir vielleicht mit einem Schluck Wein aushelfen?" „Klar, Gereon, Peace." Er setzt sich, öffnet seinen Zopf, das Haar fällt bis zu den Ansatzpunkten seiner Wadenmuskulatur. Die Hälfte seiner Zähne ist intakt. Er stopft sich eine kleine Pfeife und erzählt. „Ich wohne hier 300 Meter weiter unterhalb des Hügels in einer Höhle."

„Krass, schon lange ?" „Seit etwa 18 Jahren, vorher habe ich 15 Jahre auf Kreta in einer Schlucht bei Matala gelebt. Aus Solidarität bin ich dann umgezogen in die Türkei. Die Gleichbehandlung ALLER Völker ist sehr wichtig für mich." „Stark, und was machst du so?" „Ich bin seit 35 Jahren auf der Suche nach den Erweiterungen des Bewusstseins. Geisteshaltung, andere Ebenen. Versteht ihr?" Er gießt sich Wein nach, schaut sich kurz um. „Sind das Filterkippen? Habe ich schon ewig nicht mehr geraucht. Kann ich mal eine versuchen?" „Nimm dir, Gereon, Peace. Das klingt interessant, was du sagst. Scheiß Kapitalismus. Aber davon kann man doch nicht leben."

„Ich brauche nicht viel. Außerdem baue ich Panflöten in meiner FREIZEIT zusammen und verkaufe sie auf Basaren in verschiedenen Städten." „Und das läuft?" „Na ja, die Panflöte ist ursprünglich ein griechisches Musikinstrument. Die alte Rivalität Griechenland - Türkei… Am Anfang war es schwer, Panflöten in der Türkei zu verkaufen." Er zündet sich noch eine Filterkippe an und redet weiter: "Ich habe meine Panflöten verbessert, eine zusätzliche Auskerbung geschnitzt. Wenn man sie umdreht, kann man Dope damit rauchen. Zieht richtig durch." „Verstehe, ein Verkaufsargument mehr, du bist Geschäftsmann." „Ihr seid gechillt, kann ich noch ein Glas Wein bekommen? Diese Golfer, keinen Respekt. Ignoranten. Was hört ihr da für Musik?" „Strokes." „Ich mag Scott McKenzie… Besucht mich doch mal in meiner Höhle, ihr seid immer willkommen." „Lebst du da allein oder mit einer Frau zusammen?", fragt Ivy. „Ich lebe allein, den Geschlechtstrieb habe ich vor 15 Jahren besiegt, den spirituellen Ebenen untergeordnet. Er war nur eine Geißelung, hält vom eigentlichen Dasein ab. Wir können uns gerne mal darüber unterhalten." Nach anderthalb Flaschen Wein und rund zehn Filter-Kippen steht Gereon auf, verabschiedet sich und legt sich wieder auf sein 30 Meter entferntes Tuch.

Andi sagt: „Interessanter Typ, relaxt, irgendwo Mensch geblieben, sucht nach Alternativen. Gastfreundlich ist er auch, hat uns eingeladen."

„Ich weiß nicht, der Typ scheißt 15 Jahre in Griechenlands Schluchten, dann fast 20 in türkische Höhlen, leistet Null und redet dann von Völkergleichbehandlung, das sei ihm wichtig. Geht's noch?" „Er hat das Nichtstun perfektioniert. Auch nicht so einfach." „ Er macht sein Ding." „Er trinkt mit Sicherheit seinen Morgenurin aus den hanfbesohlten Sandalen." „Meinst du, er wählt Erdogan?" „Werden seine Wahlunterlagen in die Höhle geschickt?" „Stark am Glas ist er auch." „Nicht nur." „Er hat einen Besuch verdient."

Wir erholen uns eine Weile am Strand, laufen ins Hotel, duschen und gehen zum Abendessen. Danach setzen wir uns an die Hotelbar, entspannen. Rainer und Andi fahren mit einem Bus in den Abend. Ich tanze auf *Let It Be* wie ein junger Gott.

10

Sitze mit Ivy im Frühstücksraum, es ist 11.20 Uhr, bin gerade am Buffet auf der Suche nach einem hartgekochten Ei. Rainer kommt zur Tür herein, sieht mich, grinst wie Nick Tschiller im Tatort nach der zwölften Leiche. „Hi, Robert.“ „Hi, Rainer, du frühstückst? Respekt!“ „Brauche ein bisschen Energie, war ein bunter Abend gestern.“ Aus Erfahrung weiß ich, `ein bunter Abend` bedeutet nicht anregende Gespräche mit interessanten Leuten oder gute Musik, witzige Stimmung und eine nette Atmosphäre.

„Eine Schnuckimaus und eine Aktion, abgefahren…“ „Was war denn los?“ „Wir wollten ins Hotel. An der Rezeption gab`s Ärger, das Mäuschen durfte nicht mit.“ „Und?“ „Ich dachte, wir gehen einfach an den Strand, aber dort war der Security-Man. Die bewachen den Strand auch nachts… Ich bin dann mit ihr rüber zu Gereon. Der lag mit offenen Augen da, eingewickelt in sein Batik-Tuch, war total stoned. Er hat uns nicht mal registriert! Was für ein krasser Typ!“ Er redet weiter. „ Hat es Andi wieder nicht zum Frühstück geschafft? Sag mal, ist das schon Alterssenilität? Wer ist denn das da drüben, war die gestern auch am Strand?“ Das euphorische Gefühl hält manchmal bis zum Beginn des nächsten Abends.

Ich nehme das Ei, setze mich wieder zu Ivy. Nach dem Frühstück buchen wir am Informationsstand gegenüber der Rezeption einen Tagestrip ins Taurus-Gebirge. Es fallen Worte wie „die wirkliche Türkei, völlig neu gestaltete Tour, Hinterland und Ursprünglichkeit, beeindruckendes Erlebnis.“ Ivy zahlt mit Kreditkarte. „Nehmen wir Gereon mit?“

„ICH nehme entweder Gereon oder dich mit, das überlege ich mir noch.“

Wir begeben uns zum Strand. „Ist Rainer nicht ein unverbesserlicher Chauvi?“ „Das bin ich doch auch, Hasi.“ „Stimmt, Rainer sieht zumindest gut aus dabei.“ „Aber ich weiß, wie man eine Beziehung führt.“ „Mit Rainer hat man Spaß.“ „Na und, bei mir fühlt man sich geborgen.“ „Du fühlst dich geborgen.“ „Das meine ich ja.“ „Wo legen wir uns hin?“ „Egal, direkt in den Sand, ich brauche nicht jeden Tag eine Liege.“ Es ist mehr los als am Vortag. Unmittelbar neben uns liegt der Bürgermeister von Belek mit seiner Familie. Auf der anderen Seite hängen vier Österreicher ab, drei Männer Mitte 20 und eine Frau im gleichen Alter. Einer der Männer hat oberhalb seiner linken Verse „Made in“ tätowiert, oberhalb seiner rechten „Austria“. Aus einer Höhle qualmt es. Ich gehe über eine Treppe in die Hotelanlage und stelle mich im Außenbereich an einer Bar an, um zwei Tassen Kaffee zu holen. Es dauert ewig, die Zeit scheint nicht zu vergehen. Vorher, am Strand liegend, aufs Meer schauend, stand die Zeit still. Ereignisse, die Jahre her sind, laufen nachbetrachtend detailliert durch das Bewusstsein, als wären sie vor drei Tagen geschehen, Zeit komprimiert. Der Streit vor zwei Tagen kommt mir ewig weit weg vor. Zeit hilft. Sie verschiebt Eindrücke, rückt sie zurecht, verändert. Der Kellner lässt sich Zeit.

„Rainer kommt heute nicht an den Strand", freut sich Andi, mittlerweile auf seinem Handtuch angekommen, „er ist beschäftigt – liegt im Indoor-Swimmingpool und badet. Am Nachmittag hat er einen Friseurtermin vereinbart, danach Ganzkörperwachsenthaarung. Er pflegt sich." „Rainer beim Friseur, wozu?", fragt Ivy nach. „Zum Glätten." „Ich gehe auf einen Smoke zu Gereon in die Höhle", informiert uns Andi. Wir liegen da, beobachten das Treiben, den Stillstand, lesen, unterhalten uns, lassen den Tag vorbeiziehen, betrachten das Meer. Irgendwann kommt Andi wieder. „Wir haben eine seiner Panflöten ausprobiert, nicht schlecht. Der Security-Man war auch da. Geri arbeitet doch, er baut hinterm Hotel Marihuana an. Seine Höhle ist spartanisch eingerichtet. Alle Wände sind kahl, nur an einer hängt ein Poster von den Mamas and Papas. Auf dem Boden liegen Matratzen. Wir haben über Gott und die Welt geplaudert. Er hat sich über den Besuch gefreut. Heute Morgen lag ein BH Körbchengröße 90 C auf einer der Matratzen…"

11

Das Taurus Gebirge beginnt im Westen des Landes, verläuft in einem Bogen um die Provinz Antalya und die türkische Riviera, folgt dann dem Mittelmeer bis in den Norden Syriens und endet an der östlichen

Grenze der Türkei. Es erstreckt sich über 1500 Kilometer. Die Quellen von Euphrat und Tigris, Bergmassive, versteckte Höhlen, historische Städte, Pilgerstätten, der Paulus-Weg, eine beeindruckende Vielfalt. Kaum ein Land ist so kontrastreich wie die Türkei, landschaftlich, gesellschaftlich, historisch, politisch. Nicht einmal in Griechenland können mehr Zeugnisse der griechischen Antike bewundert werden. Von Israel abgesehen gibt es kein Land, das so viele Reiseziele für christliche Pilger bietet. So gesehen decken wir mit der Tagestour ins Taurus-Gebirge kulturell drei Länder ab.

Wir stehen um 07.00 Uhr, wie vereinbart, neben dem Pförtnerhäuschen und warten. Wir beobachten den Straßenverkehr, schauen die abfahrtbereiten Busse an, sehen den gegenüberliegenden Golfplatz. Leute laufen auf den großflächig angelegten Bürgersteigen auf beiden Seiten der Straße. Gegen 8.00 Uhr kommt unser Bus. Die Hälfte der Plätze ist bereits besetzt. Weitere Hotels in der Umgebung werden angefahren um Gäste einzuladen. Alle haben die gleiche Abfahrtszeit in ihrem Prospekt stehen.

Der Bus ist auf rund 20 Personen ausgelegt. Pärchen, Freunde, alles Zweiergruppen bis auf einen Alleinreisenden, Heinz, Informatiker, Ende 30, aus Ludwigshafen. Der Organisator und Tour-Manager Jürgen, ein geborener Ossi, vermittelt von Anfang an Lebenserfahrung. Ein Mann, der EINIGES erlebt hat und nach Jahren der Wanderschaft in der Türkei sesshaft geworden ist. Er lebt dort in einer Stadt am Meer mit seiner türkischen Frau. Er ist korpulent, untersetzt, stämmig, trägt einen grünen Pullover mit V-Ausschnitt, Boxer-Shorts, Trekking-Schuhe. Seine Herkunft ist hörbar. Jürgen erzählt von seinen Anfangszeiten, von seinen Integrationsproblemen in der Türkei. „Ich kaufe am Markt sechs Eier, eine Gurke, drei Tomaten. Die Marktfrau mustert mich, schaut mich an, als ob ich etwas verbrochen hätte. Ich mache mir Gedanken. Ist das Fremdenfeindlichkeit? Bin ich hier nicht willkommen? Habe ich etwas falsch gemacht? Ich schaue mir an, was die anderen so einkaufen und irgendwann komme ich dahinter: Normal ist es, beim Einkauf für seine Nachbarn mitzuplanen und entsprechend einzukaufen. 30 Eier, fünf Gurken, fünfzehn Tomaten, das wäre die richtige Menge gewesen. Ich habe in der Türkei viel über den Stellenwert der Gastfreundschaft gelernt." Eine Geschichte gibt der nächsten die Hand.

Wir rollen über den türkischen Highway Richtung Antalya, dann weiter in das Landesinnere auf gut ausgebauten Fernstraßen, kommen an Dörfern vorbei, passieren kleinere Städte. Pulsierende Städte voller Leben. Cafés, Straßenhändler, kleine Läden, Moscheen. Traditionelle Bilder wechselwirken mit Verkehrslärm, Stau an Ampeln, westlich orientierten Einkaufspassagen, moderner Hektik.

An der letzten Station ist Hannelore mit ihrer Freundin zugestiegen. Knapp 50 Jahre, hager, groß, markante Gesichtszüge, in Berlin lebend. Sie quittiert jeden Satz unseres Reiseführers aus der Deutschen Demokratischen Republik mit Beifall, stellt unablässig Fragen, ist euphorisch, blüht auf. „Jürgen, waren alle Martkfrauen so zu dir? Jürgen, hast du dann niemals kleine Mengen eingekauft? Wie war denn deine Zeit in Ost-Berlin?“ Übertriebene Anteilnahme kombiniert mit erschreckend guter Laune, das schafft mich. Jürgen wird binnen weniger Minuten ihr Mentor, ihr Halbgott, ihr Rockstar zum Anfassen. Er geht darauf ein. Heinz, der Informatiker, findet an Hannelore Gefallen, beteiligt sich an den Gesprächen, bringt sich ein. „Ich kann mir gut vorstellen, dass es am Anfang nicht so einfach ist, in ein Land zu kommen und sich zurechtzufinden. Ich bin momentan Single, ich kaufe immer kleine Mengen ein. Es kann passieren, dass ich mal nicht bei mir zu Hause übernachte, dann habe ich das frische Gemüse in meinem Kühlschrank liegen. Ich schmeiße so ungern etwas weg.“ Beim Einsteigen hat Heinz durch seine flüchtige Art zu blicken, durch seine schnellen, eher ruckartigen Bewegungen den Eindruck vermittelt, suchend, ein bisschen vereinsamt, leicht verunsichert zu sein. Aus der anfänglichen, fast schüchternen Zurückhaltung wird permanente Kommunikation. Was ist mit meiner Menschenkenntnis? Der Rest im Bus ist ziemlich abgemeldet, die drei interagieren prächtig. Hannelore macht sich sicher keine großen Gedanken, wie sie bei uns Mitreisenden ankommt. Sie redet laut, Jürgen zugewandt, wir müssen zuhören. Jürgen ist in seinem Element, gefällt sich in seiner Rolle und hat das Mikro. Heinz schaut sich nach jeder seiner Anmerkungen um, wartet auf seinen Applaus, auf Anteilnahme. Jedes noch so kleine Ereignis wird erhöht. Er versucht aus Belanglosigkeiten, aus Nichts etwas zu machen. Wie Jeder.

Ivy und ich sitzen auf der hinteren Bank. Viel Platz, eine Menge Fahrgeräusche, Räder und Achse unter uns, der direkte Kontakt zur Straße. On the road. Vor uns sitzt ein Ehepaar, sie ist erkältet. Husten, niesen und schnäuzen … Jürgen erzählt die interessantesten Geschichten und ich denke über die Reichweite von Bakterien und Viren nach. Gerade zählt er Grundnahrungsmittel auf, die angebaut werden, redet über Unabhängigkeit, die der Anbau mit sich bringt. Er redet von Tomaten, Auberginen, Oliven, Zucchini, Haselnüssen, Citrusfrüchten, Zuckerrüben, Tabak und Baumwolle.

Am Fuße des Gebirges angekommen pausieren wir.

Der Bus windet sich über eine kleine Passstraße. Wir fahren geringe Geschwindigkeiten, schauen auf umherliegende Steine und Felswände, gewinnen an Höhe, steigen aus um intensiv ein- und auszuatmen, um auf Täler zu blicken, auf Gebirgsseen, auf endlose grüne Wiesen, auf Pflanzen, auf unbewohntes Hinterland, auf Geröll. Traditionelle Fotos und Naturselfies halten sich in etwa die Waage. Mit zunehmender Höhe verändert sich das Landschaftsbild, wird karger.

Heinz ist eigeninitiativ zum zweiten Reiseführer aufgestiegen, erklärt und vergleicht die Tour mit einer Afrika-Safari, die er irgendwann einmal, vor vielen Jahren, mitgemacht hat. Weit und breit ist kein Tier zu sehen, abgesehen von den imaginären aus seiner Erzählung. Wir besichtigen eine Grotte. Bunte Glühbirnen hängen an feuchten Felswänden, Wandmalereien, Skizzen, schwaches Licht, viel Schatten. Kleine Ruderboote stehen zum Durchqueren bereit. Wer wird die Führungsrolle übernehmen? Im hinteren Teil der Grotte ist es dunkel. Wir sehen NICHTS.

Später kommen wir durch kleinere Dörfer, halten in einem, um uns umzuschauen, um Kultur und Zivilisation auszusenden... Es ist ein 200- oder 300-Seelen-Ort. Alles wirkt wie aus vergangenen Jahrhunderten. Aus Lehm gebaute kleine Häuser, verschachtelte, schmale Gassen, ein Brunnen. Ältere Männer sitzen in einem öffentlichen Raum in der Mitte des Dorfes, trinken Tee, sind freundlich. Jeder hat ein Handy oder Smartphone. Auf jeder noch so kleinen Hütte ist eine Satellitenschüssel installiert.

Die Zivilisation ist bereits da, wir kommen zu spät. Die Dorfbewohner orientieren sich an traditionellen Werten, sind streng gläubig, leben in ihrer eigenen Welt. Die Männer lassen ihre Frauen nicht am öffentlichen Leben teilhaben, sie leben ihre Rückständigkeit oder Vormachtstellung - je nach Sicht - genüsslich aus. Nebenbei gönnen sie sich die Geschenke der Neuzeit, Fernsehen, Mobilfunk, Internet…

Wir fahren weiter. Heinz wird ruhiger, er merkt, dass Hannelore auf Jürgen steht. Was er von mir denkt, kann ich nur erahnen. Manchmal schaut er zu uns hinter. Vielleicht fragt er sich, was das in der letzten Reihe für ein ignoranter Arsch ist mit der gut aussehenden Blondine neben sich. Der trägt Null zur Unterhaltung bei, tut so, als interessiert ihn das alles nicht. Ob die beiden guten Sex zusammen haben? Mann, mein letztes Mal ist auch schon wieder eine Weile her. Das mit Hannelore wird nichts. Wie viele Frauen werden noch kommen? Vielleicht schaut er uns auch einfach nur an oder denkt, was für ein nettes Pärchen da hinten. Keine Ahnung.

Ivy motzt über das antiquierte Frauenbild der Dorfbewohner. Die Männer haben feindselig reagiert, als auch die Frauen unserer Tour den öffentlichen Gemeinschaftsraum zum Teetrinken nutzen wollten. Manchmal motzt sie auch indirekter über Männer, hadert mit dem Schicksal, denkt über Attraktivität und Schönheit nach. Über Vergänglichkeit von Schönheit und die dadurch veränderte Wertschätzung der Männer. „Männer sind manchmal einfach nur scheiße“, sagt sie an solchen Stellen dann doch wieder direkt. Wir fahren durch ein längeres Waldstück, es wirkt wie eine Szenerie aus „Der Herr der Ringe“, surreal. Nebel, graue Stämme, graue Äste, blätterlose Bäume. Seelenlose Figuren mit Armen und Beinen.

Jürgen redet über diesen Wald, die Faszination der Gebirgsketten. Jürgen redet über Wahrhaftigkeit. Er bedauert Reisende, die nur am Pool liegen. Parallel gehen ihm einige Dinge durch den Kopf. Hannelore ein paar Jahre jünger und hübsch. Die Frau ist begeisterungsfähig. Und ihre Freundin? Nicht schlecht, redet aber kein Wort. Mal schauen, wer auf der nächsten Tour übermorgen zusteigt. Guter Job! Oh Mann, was für seltsame Gedanken, ich bin doch glücklich verheiratet. Was soll das? Ich erledige jetzt nur meinen Job und freue mich aufs Mittagessen. Mann, haben wir gekocht damals vor der Wende. Stimmt schon, es war nicht alles schlecht. Für die wesentlichen Dinge haben wir uns Zeit genommen.

Hannelore schaut Jürgen an und manchmal aus dem Fenster.

Ein traditionelles Mittagessen wird in einem anderen Dorf serviert. In Olivenöl eingelegtes Gemüse, mit

Hackfleisch gefüllte Auberginen am Spieß, Blätterteiggebäck gefüllt mit Nüssen und Honig. Der türkische Wirt, dreisprachig, gebildet, liberal, lässt es sich nicht nehmen, uns seine Ansichten zum allesumfassenden Thema, Entwicklungen in der Türkei unter Erdogan, mitzuteilen. Er hat lange in Istanbul gelebt, wohnt jetzt in dem Dorf im Gebirge, arbeitet teilweise mit Reiseveranstaltern zusammen, hat das ursprünglich traditionelle Dorf-Restaurant modernisiert und auf Übernachtungen ausgelegt. Er erzählt von Istanbul, der ständig wachsenden 15-Millionen-Einwohner-Stadt, ihren wirtschaftlichen Ambitionen eine Bankenmetropole zu werden, der Subkultur, dem westlich orientierten Lebensstil. Man kann in Istanbul so leben wie in Berlin, Frankfurt oder Rom. In den Pubs trifft sich eine kosmopolitische, gebildete Mittelschicht, erzählt er, nicht ohne Stolz. Wen meint er damit? Ich denke an Rainer, Gereon und mich. Dann fügt er hinzu: “Man konnte“, verzieht das Gesicht, hört auf zu reden und stellt uns vor die Wahl zwischen Rhaki und türkischem Kaffee.

12

Unsere Gruppe, in ihrer wechselwirkenden, eingespielten Dynamik, wird auf zwei Geländewagen verteilt. Wir fahren durch karges Bergland, zwischen kleineren Felsen auf roter Erde, schmalen Pfaden, über Geröll, klettern mit den Transportern. Jürgen the Conqueror steht auf der Ladefläche des zweiten Jeep, stützt sich am für Planen vorgesehenen Gestänge ab, dreht Filme mit einer Handkamera. Aufnahmen für die Nachwelt. Felsen, herumliegende Steine, fast unfruchtbares Land, Natur pur, Öde. Wir steigen aus, sind nahe am Gipfel einer Gebirgskette. Ich laufe etwa 100 Meter Richtung Gipfel und pinkle in die Ödnis. Am Jeep zurück fragt mich Heinz: „Wo warst du denn?“ „Ich habe mich da oben mal nach Frauen umgeschaut.“ Er zögert einen Moment, grinst dann. Heinz bezieht mich ab jetzt in seine Scherze mit ein. Das kann mit dem nächsten gut gemeinten Witz auch wieder kippen... Das Pärchen mit der erkälteten Frau ist im anderen Wagen untergebracht. Gut so, wir sitzen beengter in den Geländefahrzeugen. Ein Pärchen vor uns, jünger, Ende 20, gutgelaunt, wirkt verliebt, Freundschaft könnte auch dabei sein. Die beiden amüsieren sich mit und über die Gruppe. Im Bus waren mir die beiden nicht aufgefallen, obwohl sie hübsch ist. Wahrscheinlich saß ich ungünstig. Gegenüber predigt Hannelore für ihre stumme Freundin und filmt dabei mit ihrem Smartphone den auf dem Jeep stehenden Jürgen beim Filmen. Ich überlege mir ein paar spontane Witze, um die Frau Ende 20 ein wenig auf mich aufmerksam zu machen, sie an meinem Weltbild teilhaben zu lassen.

Hannelores Verhalten wäre ein gutes Intro. Aber vielleicht gibt das Ärger mit ihrem Typen, wenn ich sie anspreche. Ich werde es unauffällig verpacken. Wiegt der Ärger mit Ivy den Spaßfaktor auf? Ist es das überhaupt wert?

Ich mache erst einmal nichts, wandle meine Energie in etwas Positives um, indem ich mir ein Bier aus der Getränke-Bar hole und es trinke. Aus dem ersten Eindruck heraus beurteilt sitzen vorne im Jeep Materialisten. Ein hübsch zusammengebautes Pärchen. Selbstwert über Besitz, Kleidung und plastische Chirurgie. Der Preis bestimmt den Wert. Ich betrachte die Ansammlung von Werten. Ihr Ives Saint Laurent Haarband stimmt farblich mit dem Calvin Klein Shirt graziös überein, dessen Enden perfekt an der nachträglich beschnittenen Louis Vuitton Hose unterhalb des Armani-Gürtels abschließen. Karl Lagerfelds Designerschal, atmungsaktiv bis 40 Grad plus und salzwasserfest, liegt auf dezente Art zwischen begradigter Nase und vergrößerter Brust. Der gestraffte Hals geht durch den Schal etwas unter. Der Mann, grobschlächtig, muskulös, wirkt fast natürlich in seiner Brioni Seidensteppjacke, die er lässig über dem dazugehörigen Anzug trägt. Seine rahmengenähten Scarosso-Slipper trauern tiefschwarz auf dem Boden des Jeep. Was hat die beiden bewogen, diese Tour ohne Einkaufszentren, ohne eigenen Chauffeur, ohne vergleichbare Statussymboliker zu buchen, eine Tour mit Normalsterblichen?

Die Gipfel der Gebirgsketten sind teilweise schneebedeckt. Wir fahren auf die andere Seite des Berges, über unebene, kaum passierbare Wege, über felsiges, zerklüftetes Bergland. Steine taumeln, Perspektiven der Endlosigkeit. Vergangene Gefühle überkommen mich, keine Ahnung weshalb. Verlust, Schmerz und Niederlagen. Wegen unmöglicher Zustände, aus Unerfahrenheit, aus Dummheit? Zu voll, zu verkatert, zu restverkatert, zu nüchtern, wieder zu voll? Erwächst aus dem Trinken Pessimismus? Zumindest ein Rausch könnte entstehen. Ich hole mir noch ein Bier, bringe Ivy eins mit, frage das Pärchen vor mir, ob sie auch eins wollen. Sie bejahen, ich drücke ihr die beiden Flaschen in die Hand, nehme ein „Danke“ entgegen. Ich spüre Interesse an einer weiteren kleinen Niederlage.

In Serpentinen werden wir durch die Berglandschaft geführt. Später satte, ebene, unendlich weite Grünflächen. Weiße und dunkle Wildpferde grasen auf den Wiesen. Jürgen filmt die Pferde. Hannelore zeigt Jürgen den Film, den sie über ihn gedreht hat. Jürgen schwenkt mit seiner Kamera von den Pferden zu ihr rüber. Alle fotografieren Pferde. Wir machen eine Kaffeepause. Jürgen steigt vom Jeep, gießt sich

Kaffee ein, holt Kekse. Heinz verteilt sie unaufgefordert.

„Meinst du, Jürgen hat die Kekse im Konsum gekauft?“ Ich habe mein Intro. „Wie, Konsum ?“ „Das waren Einkaufsläden in der DDR.“ „Ach so, kenne ich nicht, das war vor meiner Zeit.“ „Und nach meiner.“ „Jürgen ist nicht unsympathisch, aber er redet ständig“, sagt sie. „Ich lasse mich lieber von Heinz führen, stehe eigentlich auf Hannelore, aber das bleibt unter uns“, vertraue ich ihr an. Ich betrachte sie. Einen längeren Augenblick. „Gefällt dir die Tour?“ „Ja.“ „Ro-bert.“ „Angie.“ „Hallo.” „Der Name Angie löst in mir Erinnerungen aus.“ „Angenehmes?“ „Durch-aus.“ „Denkst du an unsere Bundeskanzlerin?“ „Das trifft es nicht ganz.“ „Dann war es wohl wieder vor meiner Zeit?“ „Irgendwie erinnert mich der Name an einen Stones-Song.“ „Wie kreativ, höre ich zum ersten Mal in meinem Leben.“ „Er erinnert mich an *You can't always get what you want.*“ „Du bist Realist.” „Nicht immer.“ Ihr Freund kommt angelaufen, Kaffee und Kekse in der Hand. „ Mein Freund Patrick. Das ist Robert.“ „Hi.“ „Hi.“ „Ciao.“ Ich folge Ivy, die gerade in den Bus steigt.

Wir nähern uns dem Tal, rollen durch Schluchten, über Wiesen, verfolgen grün schimmernde Flussläufe. Nach einer Weile befinden wir uns auf einer schmalen, geteerten Straße. Erlösung und Erschöpfung, endlich, nach so langer Zeit, zurück in der Zivilisation. Jürgen und Heinz haben Führungskraft eingebüßt, sind nahe am Schweigen. Wir trinken unser Bier aus, holen neues. Irgendwann, an irgendeinem Ort, steigen wir um in den ursprünglichen Reisebus. Wir trinken weiter, fahren durch die beginnende Dämmerung. Die Sonne geht für Ivy und mich langsam unter. Für die anderen auch.

13

Nach unserer Rückkehr läuft mir Gereon über den Weg. „Hi, Gereon, was machst du hier?“ „Ich laufe in den Abendstunden manchmal hinter das Hotel und schaue nach meinen Pflanzen.“ „Hast du Rainer und Andi heute getroffen?“ „Andi war auf einen Smoke da. Oder war das schon gestern gewesen? Wo kommst du her?“ „Ich war mit Ivy auf einer Bergtour durch das Taurus-Gebirge. Jede Menge Höhlen und Grotten dort.“ „Klingt interessant, vermietet?“ „Nicht dass ich wüsste, leerstehend. Eine war beleuchtet, Glühbirnen hingen an den Wänden, aber sie stand teilweise unter Wasser.“ „Elektrisches Licht lehne ich prinzipiell ab. Wir hatten Umweltdebatten ohne Ende zu dem Thema in der Schlucht auf Kreta. Ich war damals der Ansicht, man kann auch mit weniger sehr gut leben. Es tut gut, sich in seinen Ansprüchen zu reduzieren. Wir können uns gerne einmal vertieft darüber unterhalten.“ „Leistest du dir keinen Luxus?“ „Nicht im Geringsten. Ich habe einen alten VW-Bus, ein Relikt aus vergangenen Zeiten, das ist alles. Manchmal nutze ich ihn, um auf Märkten oder Basaren meine Flöten vorzuführen und zu verkaufen.“ „Einen VW-Bus zu unterhalten ist doch teuer?“ „Ein Käufer kann bei mir auch ein paar Marihuana-Pflanzen erwerben, wenn er möchte.“ „Du dealst?“ „Was für ein Begriff! Wichtig ist für mich, dass ich hinter dem Produkt stehen kann. Ich tue Gutes. Weißt du, was der Alkohol schon alles kaputtgemacht hat?“ „Ich habe eine dunkle Ahnung. Aber du säufst doch auch?“ „Wie meinst du das?“ „Schon gut.“

„Möchtest du meine Pflanzen sehen?“ „Von mir aus.“ Wir laufen in Gereons gemäßigtem Tempo durch die Außenanlage hinter das Hotel. „Mein Gott, das ist ja eine richtige Plantage. Du hast eine Bewässerungsanlage?“ „Ja. Das Wasser leite ich mir von der Hotelanlage um. Diese ganze Verschwendung hier, künstliche Gärten zu errichten und ständig zu bewässern. MEIN umgeleitetes Wasser leistet einen positiven Beitrag zur Stimulation der Wahrnehmung aller Bevölkerungs-schichten.“ „Sieht aber auch nach Arbeit aus!“ „Die Security-Leute erledigen das neben ihrem unterbezahlten Job. Ich bezahle sie angemessen, in Ware.“

Am nächsten Morgen freue ich mich auf einen relaxten Abhängtag am Strand, einen Tag im Stand-By-Modus. Die gestrige Tour hat einiges abverlangt. Es ist eine Menge los im Eingangsbereich des Hotels, ein Kommen und Gehen. Abreisende Gäste, anreisende neue Urlauber, Golfer auf dem Weg zum Lucky Punch, Reisebusse werden be- und entladen, fahren ab und kommen an. An der Rezeption checkt gerade der Bachelor mit der Kassiererin aus dem REAL ein. Das ist nicht der Punkt, der mich überrascht. Vor dem Hotel, inmitten des Trubels, sitzt Rainer Town auf seinem Koffer. Den Kopf nach unten geneigt schaut er seine metallic-gelb blinkenden Schuhe an. Das erhellt ihn nicht. Schlechte Stimmung? Liebeskummer? Nachdenken? Eine Spur Selbstmitleid könnte auch enthalten sein, ist meistens enthalten. Er registriert mich. „Für mich ist der Urlaub gelaufen, es ist vorbei." „Wieso?" „ Ich musste heute Morgen um zehn Uhr auschecken." „Weshalb?" „Sie hat mich angebaggert, das ist ganz sicher." „Wer?" „So ein Mäuschen. Wir saßen an der Bar, sind versackt, Andi hat sich irgendwann abgelegt. Ich habe mich einfach mit ihr unterhalten, mir war alles ziemlich egal. Ich habe schon gemerkt, die steht auf mich. Dachte, sie arbeitet hier im Service, mehr wusste ich nicht. Später schleppt SIE MICH noch mit in den Fitnessraum, auf das Rudergerät. Das hat gequietscht, bei fünf Sternen eigentlich nicht okay, aber die Frau war nicht schlecht, ganz schön heiß…

Dann kam der Nachtportier auf Kontrollgang! Er macht die Tür auf, sieht uns und schließt sie sofort von außen ab. Kommt mit zwei Security-Typen und dem Hoteldirektor zurück." „Und dann?" „Ein Aufstand, es war seine Frau." „Was, die Frau des Hoteldirektors?" „Habe ich doch gerade gesagt, Mann. Sie haut sofort ab. ICH werde total scheiße behandelt, bekomme Hausverbot, meine Sachen werden durchsucht wie am Flughafen. Und das um drei Uhr früh. Gnädigerweise durfte ich noch über Nacht bleiben, jetzt habe ich mein Zimmer geräumt." „Klingt nicht nach einer Erfolgsgeschichte. Was hast du vor?" „Nichts. Ich habe von Frauen die Schnauze gestrichen voll, mit dem Kapitel bin ich endgültig durch." „Weiß Andi, was passiert ist?" „Klar, ich habe ihn heute Nacht noch geweckt. Er checkt aus Solidarität mit aus, will sich nur vorher ausschlafen und gemütlich frühstücken." „Ich gehe jetzt an den Strand." „Ich gehe mit." „Genug Gepäck hast du dabei." „Arsch. Hast du den Bachelor an der Rezeption gesehen?" „Ja, witzig." „Witzig? Absurd! So einer hat Chancen ohne Ende, das erschüttert mein Weltbild nachhaltig."

Wir laufen zum Strand. Das Meer liegt vollkommen ruhig da. Wir setzen uns in den Sand und schweigen.

„Macht das Laune, von den Frauen so dominiert zu werden?" „Ich bin reflektiert genug, um das zu wissen. Wem geht es nicht so?" „Ärger, Stress, das bringt`s doch nicht." „Was soll ich denn machen? Mit einer Frau mein Leben verbringen? Mich werden immer neue Frauen reizen, sie müssen nicht einmal zwingend attraktiv sein." „Das meine ich doch mit Stress. Oder nennst du das Freiheit?" „Weiß nicht. Du streitest dich jeden dritten Abend mit deinem Täubchen, ist das Freiheit?" „Wir streiten jeden dritten Abend, weil wir uns jeden zweiten Abend sehen. Das ist Hochleistungssport, die Champions League der Build- and Destroy-Ebene." „Da bleibe ich lieber bei meiner gelebten Oberflächlichkeit. *Man kann nicht mit jeder Frau schlafen, aber man muss es wenigstens versuchen,* hat Marcel Reich-Ranicki gesagt." „Und war ewig mit derselben Frau verheiratet." „In einer offenen Ehe." „ Der Spruch klingt gut, okay, du bist zu einseitig, Alter." „Was heißt einseitig, ich interessiere mich auch für Fußball." „Sorry, wie konnte ich das nur vergessen. Was machen wir jetzt?" „Ich muss hier weg. Am liebsten würde ich das Land wechseln." „ Du kannst deinen Problemen nicht durch einen Ortswechsel entgehen." „Wieso nicht?" „Keine Ahnung, sagt man so. Wir nehmen Gereons Bus und fahren nach Griechenland." „Gereon hat einen Bus?" „Er hat einen VW-Bus und ein Marihuana-Feld." „Der Typ kann Auto fahren?" „Bus." „Aber du willst ihn doch nicht mitnehmen, oder? Willst du den Bus leihen?" „Nein." „Kaufen?" „ Wenn du zahlst. Wir lassen uns von dem Hippie nach Griechenland fahren, wieso nicht? Wir geben ihm irgendetwas." „Und die Rückflugtickets?" „Scheiß drauf, schmeißen wir weg. Die Tickets halten vom wahren Leben ab. Weg vom Pauschaltourismus." „Klingt hoch emotional und nach finanziellem Ruin." „Jammer nicht, wir müssen nur wegen deiner Dauer-Geilheit aus dem netten Hotel hier raus." „Hoffentlich fährt er nicht so, wie er läuft." „Wir werden als uralte Männer in Griechenland eintreffen, impotent und inkon-tinent." „Dann würde ich zur Ruhe kommen." „Teilweise."

Ich gehe zur Höhle über den warmen, noch nicht zu heißen Sand. Was Ivy zu den Plänen sagen wird? Normalerweise steht sie spontanen Ideen offen gegenüber. Urlaub hat sie auch noch. Ein kleines Problem könnte sein, dass wir über ihren Kopf hinweg entschieden haben. Rainer muss es nur Andi vermitteln. Auf der anderen Seite sind ein paar Urlaubstage in Griechenland eine Bereicherung.

Gereon sitzt vor seiner Höhle und nimmt tiefe Züge aus einer Pfeife. Er sitzt mit freiem Oberkörper auf einem Felsvorsprung, trägt nur seine graue, kurze Elefantenhauthose und macht einen entspannten Eindruck. „Hi, Gereon." „Willkommen." „Ich habe gerade ein interessantes Gespräch mit Rainer über Freiheit geführt. Wir sind zu dem Entschluss gekommen, nach Griechenland zu fahren." „Freiheit gibt es nicht. Ich kümmere mich seit Jahren um nichts und habe alles, was ich zum Leben brauche. Bin ich deshalb frei? Grundsätzlich ein interessantes, komplexes Thema, das sich lohnt, vertieft zu werden." „Kannst du uns hinfahren?" „Wohin?" „Nach Griechenland, Richtung Thessaloniki. Wir zahlen dir eine Art Chauffeur-Gehalt." „Wann denn?" „Heute." „Wie viel?" Er nimmt einen tiefen Zug. Angestrengt inhaliert er bis in die Magengrube. „100 Euro und wir übernehmen das Benzin." „Das ist mir zu wenig." Leicht gequält atmet er eine Rauchwolke aus. „150 Euro?" „300 Euro und ich setze meinen Bus sofort in Bewegung." „Du Kapitalist. 250 Euro, maximal." „Gut. Wir treffen uns um fünf Uhr vor dem Hotel. Vor der Schranke, nicht vor dem Eingang. Ich fahre mit meinem Bus nicht in diese versnobte Luxusanlage."

14

Ein mattes Orange ist als Grundfarbe erkennbar. Angestaubt, in die Jahre gekommen, unverwüstlich, eine schlichte Schönheit, ein rollender Stein. Ausstellfenster vorne, vier Räder, luftgekühlter Boxermotor, einfachste Ausstattung, Lichter wie Bullaugen. Neun Sitzplätze in drei Reihen angeordnet, an den Seiten jeweils zwei kleinere Fenster. Das VW-Emblem wurde durch ein Peace-Symbol ersetzt. „Gereon, wieso bist du nicht direkt vor das Hotel gefahren? Für uns wäre ein roter Teppich von der Eingangstür bis in die vierte Etage ausgerollt worden.“ „Ich habe Prinzipien.“ Andi als Nostalgiker und Technikfreak bittet Gereon um Detailwissen. „Wie alt ist der Bus?“ Gereon verzieht angestrengt das Gesicht. „Mein Bus wurde 1978 im VW-Werk in Hannover unter der internen Bezeichnung T2 gebaut, umgangssprachlich `Bulli`. Eine Weiterentwicklung des in den Nachkriegsjahren eingeführten VW-Transporters T1.“ Er zieht die Stirn in Falten, fährt sich mit der Hand durchs Haar und ergänzt: „Der T1 war neben dem Käfer die zweite Baureihe, die ausschließlich zur zivilen Nutzung produziert wurde. Ihr wisst, ich bin Pazifist.“ „Ach so. Wie viel PS?“ „50. 110 km/h in der Spitze macht er schon, aber ich fahre ihn selten aus. Der Weg ist das Ziel, ich nehme mir Zeit für alle Dinge, die auf meinem Weg liegen...“ Wir steigen ein, nehmen unser Gepäck mit in den Innenraum, setzen uns. „Sagt mal, Jungs, kann einer von euch fahren? Die letzte Pfeife hat mich dermaßen erschossen, ich lege mich in der hinteren Reihe ein Stündchen ab.“

„Ich fahre, Gereon“, bietet Ivy an, „aber ich bin kein Junge.“ „An Gereons Schlüsselbund hängt ein Fuchsschwanz“, bemerkt Ivy. „Das hatte man früher so“, erkläre ich ihr. „Navi hat er auch nicht. Wo muss ich überhaupt hinfahren?“ „Ich weiß es nicht, der Weg ist das Ziel.“ „Da ist ein Radio mit

Kassettendeck.“ Sie lässt den Motor an. Er schnurrt wie ein junger Löwe vor dem Essen. Nach einer anfänglichen Irrfahrt über zwei Runden um die Hotelanlage fahren wir auf direktem Weg in Richtung griechischer Grenze. Die am Mittelspiegel angebrachten Wunderbäume verbreiten `Harmonie`, ein süßliches Aroma. Gereon schläft den Schlaf des Gerechten. Es ist nicht viel los auf den Autobahnen und gut ausgebauten Fernstraßen. Wir fahren durch den Abend, durch die Nacht, wechseln uns ab. Gereon beteiligt sich nicht. In seinen wachen Phasen konkurrieren die Wunderbäume mit Tabak und Gras. Rauchfreie Zonen sind im Innenraum nicht ausgewiesen. Qualm steigt im hinteren Teil des Busses nach oben, breitet sich aus, setzt sich in Haare und Kleidung, Qualm durchzieht den Bus, hüllt uns ein, durchdringt die Poren, Qualm entweicht durch Fensteröffnungen, Qualm löst sich auf, verschwindet. Wir rollen über das an der Südküste gelegene Antalya, direkt in den Norden des Landes, über Isparta und Kütahya, an Istanbul vorbei; lassen Campingplatz und Subkultur links liegen, fahren auf teilweise gebührenpflichtigen Straßen zur griechischen Grenze bei Ispala. In den Morgenstunden verlassen wir die Türkei. Ivy fährt. Wir passieren die Grenze ohne Komplikationen. Gereon schläft auf der Rücksitzbank, in eine Decke gehüllt.

Schon in den Morgenstunden wird die Hitze des aufkommenden Tages spürbar. „Rainer, mach doch bitte die Klimaanlage an.“ Rainer, mittlerweile Fahrer, kurbelt die Fensterscheibe herunter. „Oh, Luftkühlung, die Basisausstattung. Jetzt wird`s angenehm kalt.“ „Wohlstandskind. Wir sind hier nicht mehr im Fünf-Sterne-Hotel. Wir haben keine Klimaanlage, aber drei nachträglich eingebaute Aschenbecher. Das ist die Pazifisten-ausstattung.“ „Auf meiner Seite ist die Kurbel abgebrochen. Die Sonne strahlt mich die ganze Zeit unerbittlich durch die Scheibe an. Das Gebläse funktioniert auch nicht“, beteiligt sich Andi, „das stresst mich, das ist psychologische Kriegsführung. Der Peace-Bus ist eine Waffe.“ „Und rollt und rattert wie ein Panzer über die Autobahn“, sagt Rainer. „Rollt von der Türkei nach Griechenland unter deutscher Beteiligung, der Führer schläft hinten, das ist nicht ohne“, kommentiere ich. „Der Führer schläft nicht, er grübelt und entwickelt Strategien für uns“, belehrt mich Andi. „Weißt du noch, damals, Russlandfeldzug 41, als wir die Panzer schieben mussten, weil wir den Sprit gesoffen hatten?“, interveniere ich. „Grausam, wir sind kaum noch vorwärts gekommen und dazu diese eisige Kälte ...“ „Warst du 1812 unter Napoleon auch schon dabei?“ „Da war ich noch zu jung, Gott sei Dank.“ „Was machen wir jetzt in Griechenland?“ „Keine Ahnung. Frühstücken?“ An der nächstmöglichen Abfahrt fahren wir in ein Dorf am

Rande der Autobahn. Kleinere Häuser in dem für Griechenland typischen Weiß, hellblau gerahmte Fenster, eine gepflasterte Straße. Rainer parkt den Bus im Ortskern vor einem geöffneten Café. Wir sind die einzigen Touristen, der Führer folgt uns. Wir sitzen auf schlichten braunen Holzstühlen um einen wackeligen, blau-weißen Tisch, trinken Mokka, griechischen Kaffee, essen Brötchen und Croissants. Gereon bestellt: „One Greek salad and one beer, please." „Du sprichst kein Griechisch?", fragt Ivy. „Doch, ich bin es nur nicht mehr gewohnt. In der Schlucht auf Kreta bei Mona Pirelli lebten damals alle möglichen Nationalitäten zusammen. Deutsche, Engländer, Spanier, Österreicher, Holländer, Griechen. Wir kommunizierten in englischer Sprache oder non-verbal." Gereon taut auf. „Ich bin Ende der Siebziger Jahre dazugestoßen. Die eigentliche Hippie-Ära war vorbei, viele Aussteiger waren dort hängengeblieben und lebten friedlich nebeneinander. Wir haben Quellwasser aus dem Gebirge getrunken, den ganzen Tag am Fluss gesessen und meditiert. Zwei ehemalige Fischer führten ein kleines Café am Strand, versorgten uns mit den Dingen, die wir zum Leben brauchten. Dosenfleisch, Fisch, Kaffee, Milch, Wein, Oliven, Schafskäse, Weißbrot. Manche lebten in einem an den Strand angrenzenden Wald, andere in den dahinter liegenden Höhlen. Die Höhlen waren schon zur Steinzeit bewohnt. Als die Römer Kreta besetzten, wurden sie als Grabkammern benutzt.

Meine auch.“ Er öffnet seinen Zopf, das Haar schlägt auf der Stuhllehne auf. „Wir wollten weg von der Konsumgesellschaft, lehnten jede Form von Autorität und Obrigkeitshörigkeit ab, suchten alternative Lebensformen im Einklang mit der Natur. Wir waren gesellschaftskritisch, auf unsere Weise idealistisch und auf ein Gemeinwohl ausgerichtet. Ich kam mit einem Koffer voller Klamotten an und habe die Hälfte meiner Sachen verschenkt.“ Er unterbricht kurz, schaut uns an. „Das ist lange her. Heutzutage verbringen sogenannte Kommerz-Hippies im Outfit der 60er Jahre Wochenenden in der Schlucht. Sie lassen sich für zwei Euro von und mit Touristen fotografieren als Urlaubserinnerung! Eine Katastrophe! Was ist aus der Welt geworden?“ „Und wo hast du vorher gelebt?“, fragt Ivy nach. „Ich bin Rheinländer, komme aus Köln. Nach 16 Semestern Philosophiestudium in Münster habe ich abgebrochen. Ich wusste genug, verstehst du? Ursprünglich wollte ich zum Regenerieren ein halbes Jahr Auszeit auf Kreta nehmen…“

Wir fahren weiter. Es ist keine Wolke am Himmel zu sehen, Sonnenstrahlen überfluten den Bus, durchdringen die Rauchwolken. Kurz vor Alexandroupolis greift der Alt-Hippie wieder ins Geschehen ein und bittet Rainer an der nächsten Tankstelle rauszufahren. Rainer setzt es um, hält direkt neben einer Zapfsäule. Gereon steigt aus, tankt, läuft auf das Gebäude mit kleinem Laden und Café-Bar zu. Ein korpulenter Mitfünfziger mit blau-roter Jet-Oil-Cap und grauer Latzhose kommt ihm entgegen. Die beiden umarmen sich. Nach kurzem Dialog laufen sie auf uns zu. „Das ist mein Bekannter, Stavros, wir waren damals Nachbarn in der Schlucht. Er hat in der Höhle nebenan gewohnt.“ Stavros grinst über beide Backen und begrüßt uns. Unter der Latzhose trägt er ein ärmelloses T-Shirt, ist mindestens wohlgenährt, im hinteren Bereich des Kopfes langhaarig-gelockt, vorne braungebrannt. Sein Oberarmumfang entspricht in etwa Gereons Schenkel. „Parkt den Bus und kommt rein!“ Wir setzen uns in die Café-Bar. „Das ist meine Frau Dimitra, sie schmeißt den Laden hier, zusammen mit meiner Tochter Alexandra, wir sind ein Familienbetrieb. Offiziell habe ich den Laden gepachtet, leider kann ich seit Jahren selbst nicht mehr arbeiten, ich habe mir in der verdammten Schlucht meinen Rücken ruiniert. Wahrscheinlich vom vielen Rumliegen. Dimitra, schenke uns doch bitte mal eine Runde Ouzo ein.“ Dimitra gießt Ouzo ein. Wir begrüßen uns. Sie hat gepflegtes dunkles Haar, braune Augen, ein rundes, gutmütiges Gesicht und ungefähr die gleiche Figur wie Stavros. Nach dem anfänglichen Austausch von Höflichkeiten erzählen die Altfreaks Geschichten aus der Schlucht, Geschichten, die außerhalb unserer modernen Welt liegen. Geschichten aus der dritten Vergangenheit. Genau genommen erzählt Stavros und

Gereon nickt ab. Wir hören Stavros‘ Schilderungen zu: „Mann, war das ein Leben damals. Wir haben gefeiert ohne Ende, wir haben gegessen, gesoffen, Liebe gemacht und dann das Gleiche wieder in umgekehrter Reihenfolge. Wir haben nichts anderes getan, soweit ich mich erinnere, wir hatten Bäuche damals!“ Zur Verdeutlichung deutet er auf den Bauch seiner Frau, die gerade Lebensmittel in den Regalen des kleinen, integrierten Tankshops auffüllt. Er schenkt sich und uns Ouzo nach, schwärmt weiter: „Es war grenzenlose Freiheit, Hedonismus pur. Hedonismus liegt in der Antike begründet. *Das höchste ethische Prinzip liegt im Streben nach Sinneslust und Genuss*“, zitiert er, woraus auch immer... „Ich bin stolz auf meine Vorfahren und ich denke, sie wären stolz auf mich gewesen. Durch unseren kulturellen Austausch habe ich zwei Sprachen gelernt. Wo lebt ihr in Deutschland?“ „Wir kommen aus Würzburg, das liegt in Nordbayern.“ „Ich kenne mich aus, meine Frau hat ihre Jugend in Deutschland verbracht. Ihre Eltern hatten in einem Dorf bei Nürnberg den Gasthof „Zum ewig durstigen Ochsen“ gepachtet. Wir waren vor Jahren einmal dort, haben Urlaub gemacht, eine Reise in Dimitras Vergangenheit.“ Stavros‘ Monologe sprudeln unaufhaltsam weiter; amüsant, unterhaltsam, ab und an stimmen wir Geschichten zu, ergänzen, Gereon nickt konsequent ab. Nach der vierten Runde Ouzo könnte ich ohne Weiteres am Tisch einschlafen. Das

Croissant als Grundlage im Magen fängt das Kaltgetränk nicht mehr auf. Andi ist nach der zweiten Runde ausgestiegen, Ivy ist auf Weißwein umgestiegen. Gereon zieht mit, er bewegt kein Körperteil, abgesehen vom Kopfnicken und dem gelegentlichen Anheben des Schnapsglases. Stavros genehmigt sich den Fünften und kommt richtig gut in Form. „Gereon, hör mal, ich weiß nicht genau, wie ich es formulieren soll. Betreibst du noch deine `Gärtnerei`?" „Das läuft so nebenbei, du weißt doch, dass ich hauptsächlich Panflöten schnitze." „Wollen wir mal ein bisschen frische Luft schnappen?" Die beiden laufen nach draußen, direkt auf den Bus zu. Gereon öffnet den Kofferraum, Stavros nimmt einen Jutebeutel mit Grünzeug entgegen und drückt Gereon Geld in die Hand. Sie stellen sich hinter die Garage.

„Wir müssen jetzt den Absprung schaffen, ich möchte nicht an einer Tankstelle übernachten", überlegt Andi laut. Wir stimmen zu, trinken aus und gehen zum Bus. Die beiden kommen nach kurzer Zeit zurück, sehen uns, laufen auf uns zu. Gereon läuft nicht wirklich, er balanciert auf dem Asphalt, seine Sandalen streifen über den Teer. Stavros ist weiterhin guter Dinge. „Ihr wollt doch nicht schon aufbrechen? Dimitra wäre es sicher ein Vergnügen, ein Essen zuzubereiten. Das lässt sie sich normalerweise nicht nehmen." „Sorry, Stavros, wir müssen weiter, es kann sonst keiner mehr fahren." „Bleibt doch hier, wir wohnen gleich hinter der Garage und haben genug Zimmer." „Verdammt nett von dir, beim nächsten Mal nehmen wir uns die Zeit." „Wie ihr wollt. Du hast ziemlich hektische Leute mitgebracht, Gereon. Bist du nicht beim letzten Mal fünf Wochen geblieben?" Er umarmt zum Abschied Gereons Körper.

Andi fährt aus dem Hof der Tankstelle auf eine schmale Straße, durch einen schattigen, von Pinienwäldern umgebenen Abschnitt, der auf den Zubringer der Autobahn führt. Gereon liegt sprach- und bewegungslos in der dritten Reihe. Rainer beginnt zu plaudern: „Jetzt habe ich vergessen Stavros zu fragen, wo seine Tochter ist beziehungsweise war." „Rainer, war das ein Anflug von Selbstironie? Ich bin beeindruckt", staunt Ivy. Rainer wendet sich, die Bemerkung ignorierend, an Andi: „Meinst du, der dicke Stavros hat wirklich so viele Frauen gehabt?" „Keine Ahnung, vorstellbar, wir könnten Gereon fragen, aber der ist für geraume Zeit nicht mehr in der hiesigen Welt." „Stavros kann schon etwas vertragen und zu Tode arbeiten wird er sich auch nicht", führt Rainer aus. „Unterschätze das nicht. Seine Leber leistet Großes, er leitet ein Familien-Unternehmen und delegiert Arbeit. Wir arbeiten uns auch nicht zu Tode", kommentiere ich. „Wozu auch?", regt sich Rainer auf. „Willst du anders leben? Als BWL-er 50 Stunden die Woche im mittleren Management eines Unternehmens arbeiten, dich voll und ganz für das Unternehmen einsetzen, mit erwarteten unbezahlten Überstunden? Du kannst nicht mal ablehnen, weil es jeder macht." „Nicht unbedingt, es ist besser so, wie es ist. Ewiger Jung-Unternehmer mit Schwerpunkten im Freizeitbereich. Wieso arbeitest du nicht als Chirurg? Geld, Anerkennung, Status, du weißt schon, die Bedürfnispyramide. Reizt dich das nicht?", rege ich mich auf. „Ich bin auf der Reha-Station mit meiner 50%-Stelle gut bedient. Mir war das in der Chirurgie auf Dauer zu viel Verantwortung. Geschraubt und gesägt habe ich gerne, aber wenn du jemanden verpfuschst... Dann das Mobbing und die Arroganz unter den KOLLEGEN, bis man soweit ist. Die sind drauf zum Teil, unvorstellbar. Jetzt geht das mit dem Chirurgen eh nicht mehr, oder soll ich mit meinen tätowierten Unterarmen in den OP-Saal?" „Wieso nicht, dein Motiv `Autoreifen` kommt sicher gut an und die Farbkleckse auf der anderen Seite stören auch nicht, die beruhigen deine Patienten vor einer OP." „Selbst wenn das ginge, die Nachtbereitschaften waren mir auch zu stressig." „Nachtbereitschaften schiebst du doch ständig freiwillig", beteiligt sich Ivy. „Übermäßig begeistert klingst du auch nicht, wenn es um deinen Job geht", antwortet Rainer. „Der Lehrerjob ist nicht die größte Erfüllung, aber ein guter Kompromiss. Nicht schlecht bezahlt, eine Menge Freizeit. Unter Burnout werde ich auch nicht leiden, ich brenne nicht. Sind die Kinder okay, ist der

Job okay, sind die Kinder scheiße, kann dir der Job ganz schön auf die Nerven gehen. Vielleicht mache ich bald was komplett anderes, engagiere mich in der Entwicklungshilfe." „Bei wem?", verkneife ich mir und frage Rainer: „Das heißt, du bist zufrieden?" „Das ist mir Latte Macchiato, Alter. Mal schauen, was der heutige Abend mit sich bringt. Wir sind doch alle Loser. Du musst den Anschein erwecken können, keiner zu sein, das zählt. Der einzige Karrierehengst hier im Bus liegt hinten in der letzten Reihe und hat sich gerade alle Lichter ausgeschossen..."

Wir fahren auf der Autobahn Richtung Thessaloniki. Die Hitze hat uns auch in den Nachmittagsstunden im Griff; karge, trockene, steppenhafte, teilweise bergige Landschaften erscheinen vor unseren Augen, flimmern durch das Gesichtsfeld.

„Wir hätten in der Türkei noch Geld am Automaten abheben sollen", sagt Andi als wissenschaftlich publizierender Physiker, „in Griechenland ändern sich die Dinge täglich" und beendet damit die Themengebiete Arbeit, Ehrgeiz, Karriere. „Da liegt eine unbeschriftete BASF Chromdioxid C90 Musikkassette im Seitenfach", antwortet Rainer. „Na und?" „Schau doch mal, was drauf ist." „ Okay." Ich schiebe die Kassette in den Recorder, das Laufwerk arbeitet, mehr als ein Rauschen ist nicht zu hören. „Zurück- oder vorspulen?" „Vor natürlich, immer deine retrograden Denkweisen. Das Glas ist halbvoll, das Leben ist ein permanenter Sprung nach vorne, wir fahren vorwärts…“ „Witzbold, zurückspulen bedeutet auf Erreichtes, Großes zu blicken.“ Ich spule eine Weile vor.

Once upon a time you dressed so fine, you threw the bums a dime in your prime, didn't you? “*Like a Rolling Stone* von Bob Dylan, nicht schlecht”, sage ich. „Die Back Street Boys habe ich auch nicht erwartet“, kommentiert Andi.

Eine entspannte, dösige Atmosphäre durchdringt den Bus. Alle sind müde, schweigen, hängen ihren eigenen Gedanken nach. Das Rattern des Boxermotors und Bob Dylans knarzige Stimme laufen synchron, in emotionaler Übereinstimmung, durch den Gehörgang zu den Stammhirnzellen. Erschöpfung, Bedürfnislosigkeit und Lethargie. Autos verschiedenster Hersteller überholen uns, Kinder schauen neugierig in den Bus, Motorräder ziehen vorbei, Lkws versuchen es, scheitern.

15

Ein paar hundert Meter vor uns steht ein schwarzer Benz am Straßenrand. Ein orangerotes Warndreieck flimmert davor, reflektiert die einfallenden

Sonnenstrahlen. Ein nicht mehr junger Mann, Mitte 40, läuft zwischen Fahrzeug und Warndreieck auf und ab. Er ist gut gekleidet, lange dunkle Freizeithose, anthrazitfarbenes, perfekt sitzendes Hemd. Er gestikuliert mit den Armen, flucht. Auf der Motorhaube des Mercedes sitzt eine Frau auf einem Handtuch. Sie trägt eine weiße, mit kleinen, schwarzen Kreisen bedruckte Bluse, einen schwarzen, faltenfreien Rock, schaut gelangweilt nach vorne, sonnt sich.

„Das sieht nach einer Panne aus. Anhalten?“, fragt Andi die Lethargie durchbrechend. Rainer taxiert die Situation. „Klar halten wir, so hilfsbereit muss man sein.“ Was er wohl gesagt hätte, wenn ein Mann auf der Motorhaube sitzen und sich sonnen würde? Das Gleiche, aber widerwillig, denke ich nebenbei. Der Mann läuft auf uns zu. „Danke, das kommt ja wie gerufen. Seit scheiß eineinhalb Stunden warten wir hier auf einen Abschleppdienst. Wir müssen in drei Stunden am Flughafen in Thessaloniki sein. Um acht Uhr geht unser Flug nach Frankfurt.“ „Heißt das, wir sollen euch da hinfahren?“, fragt Andi. „Da leihe ich mir ein deutsches Markenfabrikat, Pannen undenkbar, wird einem in der Werbung suggeriert, und jetzt stehe ich hier in dieser verdammten Hitze und kann nichts tun.“ Er schaut uns fordernd an. „Ja, natürlich, wir müssen zurück nach Deutschland. Gebt mir einfach eine Kontonummer, ich veranlasse eine Online-

Überweisung, von mir aus sofort." Wir beratschlagen uns kurz. Zu tun haben wir nicht viel, Richtung Thessaloniki passt auch. Wir willigen ein. „An AVIS maile ich, dass sie ihr Fahrzeug hier abholen können. Ein Scheiß-Verein."

Die beiden laden zwei Koffer um. „Ich bin Viktor Laslo, das ist meine Frau Patrizia. Von mir aus können wir uns duzen." „Danke." Wir geben unsere Vornamen preis. Viktor betritt den Bus, einen Laptop in der einen Hand, in der anderen ein Headset und ein Smartphone. Seine Frau folgt ihm leicht genervt, kommentarlos. „Was ist das für ein anachronistisches Fortbewegungsmittel, seid ihr Oldtimer-Freaks?", beginnt er. „Das ist ein VW-Bus aus den Siebzigern, interne Bezeichnung T2, umgangssprachlich Bulli", antwortet Andi. „Es stinkt hier, hat der Bus gebrannt?" „Nicht wirklich." „Wer liegt da hinten? Was ist das denn für ein Nachtwächter? Habt ihr den am Straßenrand aufgegabelt?" „Das ist der Eigentümer des Busses, am Straßenrand haben wir dich und deine Frau getroffen", entgegnet Andi. „Von mir aus können wir jetzt losfahren. Wie weit ist es nach Thessaloniki?" „Rund 200 Kilometer." Ich fahre, Ivy und Andi sitzen neben mir, Viktor, Patrizia und Rainer in der zweiten Reihe. In der dritten Reihe träumt Gereon von blühenden, in Rauch gehüllten Landschaften, von riesigen, atmenden Pflanzen in bewässerten Gewächshäusern. Er schwebt auf langsam dahingleitenden Strato-Kumuluswolken, die Pflanzen kommen auf ihn zu, ziehen vorbei, umhüllen ihn. Er befindet sich im Himmel und träumt von der Erdanziehungskraft.

Mit dem Starten des Motors ist Viktor nicht mehr ansprechbar. Er fährt seinen Laptop hoch, setzt das Headset auf, betrachtet Kursschwankungen an der Börse, hat sich in seine Firma eingeloggt, kommuniziert via Facebook. Am oberen rechten Bildschirmrand spielt er Retrospiele, schießt im All *invaders* ab. Über sein Smartphone kontrolliert er per Google Earth unseren Standort, gelegentlich tippt er Kurzmitteilungen ein. Am linken Oberarm trägt Viktor eine Pulsuhr.

„Mein Mann arbeitet in der Führungsebene eines Softwareherstellers, er ist verantwortlich für Koordination und Entwicklung von Betriebssystemen." „Schön, habt ihr Urlaub in Griechenland gemacht?", fragt Rainer. „Wenn du es so nennen willst. Wir haben hier zwei Wochen in einem unserer Ferienhäuser ein wenig entspannt. Mein Mann arbeitet durchschnittlich 16 Stunden am Tag." Viktor schwitzt, deutet auf eine Wasserflasche, Andi reicht sie ihm reflexartig. Viktor nimmt sie ohne hinzuschauen, schraubt den Deckel ab und trinkt. Begleitet von einem kurzen Kopfnicken gibt er die Flasche zurück. „Arbeitest du auch, Patrizia?", fragt Ivy. „Ich bin Geschäftsführerin mehrerer

Nagelstudios und sehr aktiv im Social Media-Bereich." „Ich bin Lehrerin, mache also in etwa das Gleiche", antwortet Ivy. Rainer klinkt sich ein. „Ich bin Arzt." „Ärzte sind gut, solange man sie nicht braucht", erwidert Patrizia. „Habt ihr Kinder?", fragt Ivy. „Ich habe drei persische Katzen." Patrizia wirkt jünger als Viktor, eher Anfang 40, wenn überhaupt. Sie ist dunkelhaarig, leicht geschminkt, hat fast faltenfreie, weiche Gesichtszüge. In ihrer Stimme schwingt ein fordernder Unterton mit.

„Können wir bitte am nächsten Parkplatz rausfahren?" Viktor redet mit mir und das nach einer Stunde. „Sicher." Ich halte bei der nächsten Gelegenheit. Er steigt aus, läuft fünf Meter, uriniert hemmungslos und für uns gut einsehbar zwischen einer Mülltonne und einem Baum. Den Laptop hat er neben sich abgestellt, das Headset noch auf. „Viktor hat sicher keine leichte Kindheit gehabt, ich verzeihe ihm alles", kommentiert Andi dieses Großereignis.

Viktor kommt zurück in den Bus, nimmt die gleiche Position ein wie zuvor und knallt ein paar *invaders* ab. Dann dreht er sich zu uns: „Könntet ihr bitte die Musik ausmachen und ruhig sein? Ich habe jetzt ein Firmen-Meeting, eine Video-Konferenz. Das Mikrofon ist sehr sensibel, überträgt jedes Geräusch, euer Krach im Hintergrund verursacht Rückkopplungen." Andi reduziert die Lautstärke nicht einmal minimal. Ich überlege am nächsten

Parkplatz anzuhalten und Viktor abzusetzen. Rainer wäre es mit Sicherheit recht. Viktor spricht in sein Mikro: „Basisentwicklungen sind abgeschlossen, wenn ich das schon höre. Im Ansatz okay, aber nichts ist ausgereift, nichts, für den Massenmarkt untauglich, die Scheiße. Meinst du, sein Projekt wird besser? Was heißt, es muss nur richtig vermarktet werden? Willst du uns ruinieren? Ich verschwende hier nicht meine Zeit mit Spekulationen. Ich habe mich von der Pike auf hochgearbeitet und jetzt kommst du mit diesem Stümper da an. Keiner arbeitet effizienter als ich, Zeitdruck interessiert mich nicht.“ Die Pulsuhr summt tiefenentspannt vor sich hin.

Rainer zeigt Patrizia sein Tattoo „freistehender Gitarrenspieler“ auf dem rechten oberen Rücken.

Nach dem Meeting gönnt sich Viktor eine Pause, nimmt das Headset ab, bedient nur sein Smartphone, spielt irgendetwas zum Entspannen. „Viktor, an welchem Projekt arbeitest du denn zurzeit? Das hat sich aus deinen Aussagen nicht ganz erschlossen“, frage ich, um ihn zu ärgern. „Wir entwickeln unter anderem Software für Social Media wie Facebook, Partnerbörsen, wir machen Nutzerprofile noch transparenter und erleichtern Anwendungen.“ „Wird der ganze Hype im Netz um Datenmissbrauch nicht überbewertet?“, frage ich kurzzeitig interessiert. „Wie meinst du das?“ „Ich meine die Nutzerprofile der normalen, durchschnittlichen Anwender, der breiten

Masse, von uns. Jeder offenbart nach Lust und Laune seine Vorlieben, Bedürfnisse, Hobbys, sein Privatleben. Na und? Was ist so spannend, wenn ich sehe, dass eine Ex von Rainer auf Facebook postet, wie sie gerade ihren Hund aus der Hand füttert? Für wen ist das interessant?" „Für den Hersteller von Hundefutter." „Für den Hersteller von Hundefutter? Ist das dein Ernst? Soll sie das Zeug online bestellen?" „Ich rede hier von Direktwerbung. Du kannst alles zum Thema Hund vermarkten. Der Köter braucht ein Halsband, eine Leine, eine Hundeversicherung. Unterbreite der Kleinen ein gutes Angebot für die Hundeversicherung, wirb sie ab und verkaufe ihr dann Lebensversicherungen, Altersvorsorge... So kommst du über den beschissenen, via Facebook gefütterten Hund direkt an den Geldstrom der Besitzerin." „ In meinen Augen ist das kein Datenmissbrauch." „In meinen Augen gibt es keinen Datenmissbrauch." „Mich langweilt die Form der Selbstinszenierung und Selbstoffenbarung", klinkt sich Andi ein: „Alle stellen sich so positiv dar, weil sie von jedem ge*liked* werden wollen." „*Like mich am Arsch*, singen Deichkind", stimme ich zu. Viktor räuspert sich, sagt nichts. „Menschen gehen Beziehungen ein, trennen sich, ficken, intrigieren, masturbieren, telefonieren, versöhnen sich, machen das Gleiche wie eh und je. Wozu die öffentliche Inszenierung?" „Aus Geilheit auf Popularität." „Ich kann mir vorstellen, Personalchefs von Unternehmen könnten Interesse an Postings potentieller Mitarbeiter haben“, wirft Ivy ein. „Meinst du, ein bisschen Erotik im Netz schadet oder nutzt zur Einstellung?“, frage ich sie. „Das kommt auf den Job an.“ Unwillkürlich klinkt sich Viktor wieder ein: „Wir wollen zukünftig möglichst ALLES transparent machen. Landschaften, öffentliche Plätze, Gebäude, Ereignisse. ALLES kann über hochauflösende Mini-Kameras festgehalten und im Netz als Live-Bilder per Satellitenübertragung einsehbar werden. Durch optimale Vernetzung und Transparenz der Daten kann jeder alle erdenklichen Informationen und Ereignisse per Maus-Klick ständig verfügbar haben. Daran arbeite ich, das nenne ich Freiheit.“

Rainer döst vor sich hin. Sein Oberkörper ist leicht zur Seite geneigt, sein Kopf kippt unwillkürlich in Richtung Patrizias Schulter. Er träumt von sich, er träumt von Patrizia, er träumt von Schienbeinschoner tragenden Kreisklasse-Fußballmannschaften auf riesigen, grünen, saftigen Rasenflächen. Er träumt von Schiedsrichtern in überdimensionalen BHs und gelben Trikots, von braungebrannten, ganzkörper-tätowierten Oberärztinnen, er schwebt und gleitet um den Vorhof einer Frauenbrust, träumt von der Erdanziehungskraft.

„Weshalb hast du vorhin so geflucht, Viktor?“, hake ich nach. „Zum Teil gibt es wirklich Arschlöcher in der IT-Branche. Die stempeln dich ab, spätestens mit

35 bist du kein Visionär mehr, egal welche Ideen du hast. Und ich habe welche." „Wie alt bist du?" „Ich bin 42, habt ihr Bier in der Kühlbox?" „Wir haben keine Kühlbox, aber eine Flasche Rotwein offen." „Auch gut."

Ein Feuerzeug entflammt, eine Rauchwolke steigt nach oben. Gereon ist wach, taucht aus dem Nichts auf, läuft in Lebensgröße nach vorne, schaut sich um, räuspert sich: „Habe ich Visionen oder sind wir mehr geworden?" „`*Wer Visionen hat, sollte zum Arzt gehen*` hat Helmut Schmidt gesagt, das war doch zu deiner Zeit, oder?", fordert Andi den Führer. „Ich erinnere mich, Helmut Schmidts politischer Kurs entsprach nicht meinen Vorstellungen, aber an seiner Einstellung zum Nikotin könnten sich einige ein Beispiel nehmen. Was sind das für Leute im Bus?" „Viktor Laslo, meine Frau Patrizia. Wir hatten eine Autopanne und übrigens, wenn wir schon bei dem Thema sind, ich habe Visionen. Ich arbeite erfolgreich an unserer Zukunft, IT-Branche." „Mein Name ist Gereon, ich arbeite auch an unserer Zukunft, ich bepflanze unsere Erde. Möchte einer einen Zug nehmen? Andi, reiche mir doch bitte den Rotwein, meine Mundhöhle ist staubtrocken."

Viktor fühlt sich erschlagen, die ganze Situation erscheint ihm surreal. Ein ewig gestriger Althippie, die schwer einzuschätzenden Leute um ihn herum, dieser tätowierte Typ neben seiner Frau. Lehnt der tatsächlich an ihrer Schulter? Er schaut zu Patrizia, fängt an zu dösen, bewusste Gedanken vermischen sich mit eingebildeten, traumartigen Sequenzen. Er genießt den Zustand, schaltet ab, lässt sich treiben, die monotonen Fahrgeräusche unterstützen ihn. Eine Welt der Fantasie und Anarchie. Nichts zu kontrollieren. Er kann sich selbst beobachten, kann sich selbst teilnehmend beobachten. Er läuft langsam durch Pinienwälder, es zieht sich ewig, kein Mensch ist in der Nähe, es gibt keine anderen Menschen. Er möchte einfach nur weiterlaufen. Er prallt gegen sein Ferienhaus, fällt um, wacht im Sessel vor dem Fernseher auf, wartet auf Nachrichten und friert. Reale Ereignisse erreichen die Oberfläche seines Bewusstseins, er ist um Jahre zurückversetzt. Patrizia, eine der attraktivsten Frauen auf dem Universitätsgelände. Nicht nur seiner Meinung nach. Er musste sie für sich gewinnen. Ein harter Kampf, eine Menge Männer waren interessiert. Er ging mit ihr aus, überredete sie zu Spaziergängen oder ließ sich überreden, schlenderte mit ihr durch Einkaufsstraßen, lud sie in Restaurants ein, die zu teuer waren. Nachmittage lang saßen sie in Cafés, unterhielten sich, schauten Kinofilme, auf ihren Beinen lag eine Tüte Popcorn. Er gab sich Mühe, vernachlässigte alle anderen Bekanntschaften, präsentierte seine Idealvorstellung von sich. Trotzdem, irgendwo, fühlte er sich zu einer anderen Frau hingezogen. Helena, auch Informatikstudentin,

Halbgriechin, für ihn Halb-Göttin, der Olymp. Wenn seine Gedanken abschweiften, landeten sie bei Helena, wenn er keine Abschweifungen zuließ, auch. Helena war das klar, mehr als mäßige Sympathie konnte sie für Viktor nicht empfinden. Im Gegenteil, sie führte Viktor in ihrer Gefühlswelt in einer Kategorie zwischen anstrengend und nervig, wenn er sich bemühte, fast unausstehlich. Kontroverse Empfindungen und Ablehnung, wahrscheinlich geht es den meisten Menschen so, tröstete er sich. Auf der einen Seite machte ihn die Ablehnung kaputt, machte sie es ihm schwer, einfach befreit aufzuleben. Auf der anderen Seite vergrößerte sie seinen Ehrgeiz, motivierte ihn, konsequent und ambitioniert Ellenbogen-Check und Side-Kick einzusetzen. Es funktionierte, er war erfolgreich. Mit den Jahren entwickelte sich aus der schlichten Zuneigung eine hohe Wertschätzung gegenüber Patrizia, fast Liebe, liebe Liebe. Was ist aus Helena geworden? Wie sieht sie aus? Vielleicht habe ich wegen ihr Griechenland ausgewählt als Erholungsort und hier zwei Ferienhäuser gekauft? Verdammt, irgendein Antrieb ist immer kompensatorisch, läuft halbwach, halb dämmernd durch sein Bewusstsein. Oder will ein Teil von mir immer das, was er nicht bekommen kann? Er räuspert sich, dämmert weiter.

„Können wir bei nächster Gelegenheit bitte anhalten? Ich brauche eine Pause, möchte einen Kaffee trinken und mich entspannen“, fragt Patrizia. „Ich weiß nicht, ob die Zeit ausreicht. Wir müssen rechtzeitig am Flughafen sein“, antwortet Viktor. „Viktor, bitte, wir werden jetzt halten und ich trinke einen Kaffee.“ „Wir nehmen die nächste Ausfahrt, geht das klar?“, fragt er an mich gewandt. „Von mir aus. Wir haben Zeit.“

Wir fahren von der Autobahn, die bergige, zerklüftete Landschaft kommt näher. Ausgetrocknetes, gelblich-braun schimmerndes Gras schaut uns an, sattgrüne Pflanzen variieren mit kargen, stacheligen violetten Sträuchern. Blattlose Bäume stehen vereinzelt auf Wiesen. Am Straßenrand verläuft eine Stromleitung, verbunden und getragen durch aus dem Boden aufragende Holzpfähle. Im Hintergrund eine Kathedrale, auf einem Hügel erbaut. Die geteerte Straße führt zu einer Taverne, ein in die Jahre gekommenes, kleines Holzhaus mit bestuhlter, ins Hinterland zeigender Veranda. Eine unebene Parkfläche ist vor der Taverne angelegt. Der Bus schaukelt, schwankt, wirbelt Staub auf. Es geht ein leichter Wind, das bläulich klare Licht des Tages wird langsam diesig. Der aufgewirbelte Staub senkt sich auf die trockene, ausgedörrte Erde. Ich laufe Ivy auf der Rückseite des Busses fast in die Arme. Der Motor steht still. „Ivy, du hier?“ „Ja, endlich ein bisschen Privatsphäre.“ „Erinnerst du dich noch an mich?“ „Klar, du fährst in dem Bus hier mit und leidest oft unter Beziehungsproblemen.“ Der Wind weht ihr langes, leicht gelocktes, fast blondes Haar in alle Richtungen. Wir gehen den letzten Schritt aufeinander zu, umarmen und spüren uns. Ivy lehnt sich mit dem Rücken gegen den Bus. Ein Vogel zieht am Himmel konzentrische Kreise, sucht seinen imaginären Mittelpunkt. Wir fangen an, uns zu küssen. Atmen. Das Öffnen des anfänglich fest sitzenden Hosenknopfes wirbelt keinen Staub auf. Das metallische Geräusch des Reisverschlusses geht unter. Die kurze Hose gleitet nach unten, berührt die Innenseite des Oberschenkels, verharrt, gleitet weiter. Umgebung, Ereignisse, vergangene Situationen verlieren ihre Bedeutung, verschwimmen. Bisherige Augenblicke bedeuten nichts. Can you imagine the darkness? Ein dem Ableben naher Hund jault und wimmert hintergründig. Grillen zirpen.

Wir laufen auf die Taverne zu. „Du hast mir gefehlt, Ivy. Das waren Gefühle wie im Urlaub.“ „Endlich mal Zeit für uns, kein blödes Gelaber. Mir hat es auch gutgetan.“ „Ich fühle mich entspannt, irgendwie erleichtert. Ist es nicht schön, dass wir uns immer noch lieben?“ „Das ist Liebe? Lassen wir es mal so stehen. Der Bus war ganz schön dreckig, kannst du mich entstauben?“ „Dachte, das wäre schon geschehen. Natürlich, dreh dich um, ich klopfe dich ab.“ „Nicht so oberflächlich, streng dich an, ich möchte sauber sein.“ „Mache ich. Dein Kleid wird aussehen wie neu gekauft und frisch gebügelt. Wollen wir auf lange Sicht auch in eine Höhle ziehen?“ „Das kommt mir zu früh, gib mir bitte etwas Zeit.“ „Solche Stellungen sind ganz schön anstrengend in unserem Alter.“ „Ich denke, du bist Sportler, Fußballer?“ „Das ist übertrieben. Manchmal habe ich das Gefühl, ich bewege nur noch mein Schussbein. Ich spiele auf ein Minimum reduziert.“ „So kenne ich dich. Machst du nicht alles auf diese Art und Weise?“ „Du tust mir Unrecht.“ „Gefällt dir Patrizia?“ „Geht so, there will never be another one like you.” „Lügner.“ „Ist aus einem Song.” „Wenigstens klingt es gut.” „Manchmal glaube ich es sogar.”

In der Taverne herrscht gähnende Leere. Kein Mensch sitzt hier, unbenutzte Stühle stehen herum, teilweise Tischen zugeordnet, teilweise wahllos. Die Wände sind zu großen Teilen hellblau gestrichen und kahl. Das einzige Schmuckstück ist ein Poster der griechischen Fußballmannschaft Panathinaikos Athen an einer ansonsten leeren, weißen Wand. Rainer sitzt auf einem Stuhl, schaut mich an und sagt: „Der Schuppen polarisiert.“ „Das habe ich beim Reinkommen sofort gespürt, der Schuppen zieht die Massen an.“ Hinter dem Tresen beobachtet uns ein für griechische Verhältnisse eher blasser junger Mann, Anfang bis Mitte zwanzig. Er kommt mit einem kleinen Block in der Hand auf uns zu, bleibt stehen und sagt nichts. Auf seinem weißen T-Shirt steht auf

Brusthöhe in schwarzen großen Buchstaben \`HEADFUCK\`. Daraufhin bestelle ich in englischer Sprache zwei Tassen Kaffee und ein sprudelndes Wasser. Der junge Mann bringt die Getränke, deutet auf die Preise und kassiert uns ohne weitere Worte ab.

Gereon sitzt auf der Veranda, versunken, meditierend. Viktor hat keinen Empfang, er starrt auf den leeren Bildschirm seines Laptops, versunken, fassungslos. Wir schweigen, schauen über die offene Veranda in die karge Landschaft. Endlose Weite. Keine Baumwollfelder, keine Plantagenbesitzer, Griechenlands ureigener Blues. Keine Auflehnung, Stillstand. Nachdem Patrizia ihren Kaffee ausgetrunken hat, fahren wir weiter.

„Krasser Typ, aber er hat einen Job. In Griechenland liegt die Jugendarbeitslosigkeit bei über 50 Prozent“, kommentiert Andi im Bus sitzend. Gereon beansprucht die dritte Reihe, Rainer fährt, wir steuern auf Thessaloniki zu. „Der Junge macht einen grundsoliden Eindruck.“ „Er hat eine klare Haltung zu den Dingen.“ „Ihr mit euren blöden Sprüchen“, mischt sich Viktor ein, „es ist traurig, wie es um Griechenland bestellt ist. Ich besitze zwei Ferien-Häuser und bin jedes Jahr hier, ich weiß, was los ist und was los war. Die Krise hat das Land niedergeschmettert, egal welche Ursachen die Auslöser waren. Es war ein deprimierendes Bild, die Wirtschaft einbrechen zu sehen; die Hilflosigkeit und

Ohnmacht der Bevölkerung zu erleben, die dem Ganzen machtlos ausgeliefert war. Um uns herum mussten Läden schließen, die Jahrzehnte hatten existieren können, die Innenstädte boten einen armseligen Anblick mit den leerstehenden Geschäften und Häusern. Touristen blieben weg und somit die wichtigste Einnahmequelle. Hotelschließungen waren an der Tagesordnung. Für die Jugend ein hoffnungsloses Bild, und ihr macht Witze." „Viktor, du hast ausnahmsweise recht. Wir manövrieren uns an der Ernsthaftigkeit der Dinge vorbei, verstehst du? Verdrängst du nicht auch manchmal?" „Ich verdränge nicht. Wozu?" „Wie ist die Lage denn mittlerweile?" „Die Tourismusbranche blüht momentan, mit aufsteigenden Tendenzen." „Siehst du, und wir bringen jetzt auch noch Kohle ins Land." „Der Tourismus läuft, aber alles andere ist verdammt ausbaufähig. Niemand weiß, wohin die Reise gehen wird. Ich denke, die von der EU geforderten Sparziele sind kontraproduktiv." „Bist du ein Linker?" „ Sehe ich so aus? Mir sagt keine Partei zu, ich äußere nur meine Meinung. Wir haben in Deutschland einen hohen Lebensstandard, viele Menschen verdienen gut, ich verdiene sehr gut, aber die Griechen sind nicht unglücklicher, trotz allem." Der Boxermotor rattert kontinuierlich, wir rücken näher an Thessaloniki heran.

Patrizia schaut aus dem Fenster, am Tag schlafen oder dösen kommt für sie trotz Erschöpfung nicht in Frage. Die Panne, die Hitze, der Stress haben sie strapaziert, sie fühlt sich angespannt. Viktor sieht ganz schön verbraucht aus, denkt sie sich, die Haare fallen ihm auch langsam aus. Anstatt Kinder hat er mir drei Katzen ermöglicht. Seine Spermien fließen zu langsam und nicht oft. Verbitterung kommt in ihr auf, sie spürt es, gibt dem Impuls nicht nach. Was soll`s, Viktor hat Recht, unser Lebensstandard stimmt, wir führen ein fast sorgenfreies Leben. Es gibt keinen Grund zur Verbitterung.

Kurz vor Thessaloniki steuern wir auf den außerhalb der Stadt gelegenen Flughafen zu. Eine monumentale Stahlkonstruktion, ein das Hauptgebäude überlappendes Dach, kunstvoll zusammengefügte, verschachtelte Stahlträger, in Neonlicht getauchte Glasfronten, ein gemütlicher Kiosk im Ankunftsbereich. Wir parken. Gereon kommt nach vorne, überreicht Patrizia und Viktor als Abschiedsgeschenk zwei seiner Panflöten. Zu Demo-Zwecken nimmt er einen kräftigen Zug von seiner eigenen, dreht sie danach um und pfeift ein griechisches Volkslied auf ihr. Viktor schüttelt den Kopf, fährt seinen Laptop herunter, packt Handy und Headset ein, stellt das Gepäck neben dem Bus ab. „Danke für die Hilfsbereitschaft, ich habe eine Überweisung veranlasst." Patrizia gibt uns die Hand, steigt aus dem

Bus, gähnt und zündet sich eine Zigarette an. Gereon steigt aus, redet kurz mit Viktor, beide laufen hinter den Bus, der Kofferraum öffnet sich, ein Tauschgeschäft findet statt, Handelseinigkeit entsteht. Viktor kommt noch einmal zurück: „Gekifft habe ich schon vor 20 Jahren, das bringt nicht weiter. Schaut euch Thessaloniki an. Die Stadt ist es wert. Der Bürgermeister Yiannis Boutaris hat sie zum Blühen gebracht. Das ist ein Macher, kein Politiker. Er hat Thessaloniki geöffnet und modernisiert. Viele Türken kommen wieder hierher und fühlen sich wohl. Der Mann ist über 70, trägt Nickelbrille, Ohrenstecker und hat Tätowierungen." Sein Blick gleitet durch den Bus, er lächelt kurz. „Optisch würde er hier reinpassen."

16

Thessaloniki hat über eine Million Einwohner und ist die zweitgrößte Stadt Griechenlands. In der Stadt selbst leben rund 400.000 Menschen, hinzu kommt die kontinuierlich wachsende Großraumbevölkerung um den ursprünglichen Kern. Thessaloniki wird von ihren Bewohnern „Symprotevousa" genannt, das bedeutet ungefähr „Mithauptstadt" und spiegelt den Stellenwert im Vergleich zu Athen wider. Im Schnittpunkt jahrtausendealter nord-südlicher und west-östlicher Verkehrswege gelegen, erlangte die Stadt wirtschaftliche und handelspolitische Bedeutung. Lebensmittel-, Tabak-, Textilindustrie, Solarenergie, Maschinenbau sind die Tragpfeiler des Wohlstands, soweit vorhanden. Zudem ist Thessaloniki Universitäts-, Messe-, Kultur- und Hafenstadt. Der Flughafen verschwindet im Rückspiegel.

„Andi, du bist vermögend, Viktor hat dich bedacht und begünstigt.“ „Robert, du mit deinen blöden Witzen, was anderes fällt dir nicht ein. Die Dinge liegen ernster.“ „Du redest wie Viktor, weil er dir Reichtum und Wohlstand gebracht hat. Du musstest ihn nicht einmal heiraten.“ „Also gut, ich gebe einen aus, darauf läuft es doch hinaus, oder?“ „Einen?“ „Ist es nicht Gereons Geld?“ „Gereon hat das nicht mitbekommen und macht genug Business.“ „Wir suchen ein gutes Hotel in Thessaloniki, schauen uns morgen die Stadt an, Andi, du übernimmst die Hotelrechnung, das Essen und die Drinks“, schlägt Ivy vor. „Und den Eintritt in die Diskotheken und Nachtclubs“, ergänzt Rainer, zum Leben erwacht. „Na klar“, willigt Andi ein, „wahrscheinlich hat Viktor mir 50 Euro überwiesen.“ Eine Spur Pessimismus klingt in seiner Stimme mit. „Andi, wo denkst du hin? He`s a man of wealth and taste.“

Wir fahren Richtung Zentrum, begleitet von hoher Verkehrsdichte, einer Menge Ampeln und

Verkehrslärm. Smoke and fog, stop and go. Anfangs wirkt die Stadt monoton, wie viele Städte. Gleichförmige graue Betonbauten unterstützen den Eindruck, der sich ändert, je weiter wir in das Zentrum eindringen. Grünanlagen tauchen auf, die Straßen bevölkern sich. Wir mieten uns in einem City-Hotel ein, nehmen den Begrüßungsdrink entgegen, platzieren unser Gepäck in den Zimmern und starten in den Abend. Gereon übernachtet im Bus, Hotel-Komfortzonen entsprechen nicht seinem Lebensstandard. Er macht es sich, sich selbst findend, im Bus gemütlich. Mit Beginn des Abends erwacht die Stadt von Stunde zu Stunde aus ihrer Schläfrigkeit.

Modisch-schick gekleidete einheimische junge Leute laufen durch geschäftige Straßen, bevölkern Cafés, kaufen, ihr Outfit ergänzend, in modernen Boutiquen ein. Ältere Männer, traditionell gekleidet, laufen am Park entlang, begleitet von Kopftuch tragenden Frauen. In Müll eintauchende Lumpensammler, teilweise in Trikots der traditionellen Landesfarben blau-weiß, suchen Verwertbares in Containern, hoffen auf ein wenig mehr. Kinder auf Tretrollern und Fahrrädern fahren neugierig staunend an ihnen vorbei. Braungebrannte Feierabend-Gigolos promenieren auf dem Gehsteig, hoffen auch auf mehr. Ehepaare laufen an ihnen vorbei, essen Eis. Jachtbesitzer schlendern von ihren Booten, über öffentliche Plätze, suchen Maklerbüros, wollen Stadtteile käuflich erwerben; im Arm eingehängte Juwelen tragende Frauen haben das Notwendigste erworben. Bunt gekleidete Bildungsreisende in Tropenhemden und Khakihosen suchen Wissen in geschichtsträchtigen Kathedralen. Dosenbier trinkende, nachschwitzende Strandurlauber dämmern durch die Einkaufspassagen, durch Parkanlagen, in denen uniformierte Parkwächter den Frieden sichern. Bewegungslose Skulpturen vervollständigen das Straßenbild. Irgendwo mitten in der Stadt steht eine halb ausgegrabene Arena oder ein ehemaliges Amphitheater aus römischer Zeit, umgeben von modernen Cafés und Gebäuden. Wir laufen durch Grünanlagen. Die Bedürfnisse der Stadtbewohner und der Touristen vermischen sich, sind deckungsgleich, entspannungssuchend und genießend. Wir setzen uns vor ein gut besuchtes Restaurant, lesen die sechssprachig gedruckte Speisekarte in mindestens einer Sprache komplett durch und geben eine Bestellung auf. Wir verzichten auf das Tischgebet und beginnen mit einem kräftigen, eiskalten Schluck „Mythos“, griechisches Bier vom Fass. Eine außergewöhnliche kulturelle Delikatesse. Viktor hat Recht, Thessaloniki lohnt sich.

Auf der anderen Seite der Straße gibt ein Feuerschlucker eine Vorstellung mit vier keulenförmigen, brennenden Fackeln. Immer wieder löscht und entzündet er die Fackeln neu, jongliert mit ihnen, bläst sie zu riesigen Stichflammen an, besprüht sie mit Benzin aus seinem Mund, schnurrt wie unser Boxermotor. Er tankt nach, ab und zu gönnt er sich einen Schluck gegen den Durst, er bläst und atmet, braucht Sprit wie jede Maschine. Im Hintergrund steht ein CD-Player. Zur Performance laufen symbolträchtige Songs von Rammstein, *Sonne... Mutter...Engel...*, später Linkin Park. Eine Menge von Leuten versammelt sich um den Künstler. Die Zuschauer fühlen sich gut unterhalten und werfen Münzen in einen schwarzen Schlapphut. Nicht weit von diesem Spektakel entfernt pfeift ein Panflötenspieler indianischer Abstammung in brauner Lederweste vor einem Coca-Cola Automaten *House of the Rising Sun*. Er hat ein Mikrofon vor sich aufgebaut, verkauft Lederarmbänder und Halsschmuck.

„Glaubst du, der Feuerschlucker hat die verkürzte Lebenserwartung eines Rauchers?" „Schwierige Frage. Hast du gesehen, er schluckt den Sprit auch runter. Hat er nicht eher die lange Lebenserwartung eines Trinkers?" „Da möchte ich mich nicht festlegen. Fest steht, es handelt sich um einen attraktiven, anspruchsvollen Job, der nicht leicht einzuordnen ist und die Fähigkeit zum Multi-Tasking voraussetzt. Rauchen, Saufen und Jonglieren." „Mit diesen Tätigkeiten ist er verdammt nah an unserem

Privatleben dran.“ „Ich jongliere nicht ständig.“ „Der Mann brennt für seinen Job. Solche Leute werden in der freien Wirtschaft händeringend gesucht. Jedes Unternehmen würde sich einen Mitarbeiter dieses Formats wünschen. Er sollte schnellstmöglich eine Green-Card beantragen und sich in Deutschland eine Führungsposition suchen. Vielleicht für ein Energieunternehmen arbeiten? In der Führungsebene von Siemens zum Beispiel.“ „Ich sehe ihn eher im Vorstand der Deutschen Bank. Weshalb sollte das nicht mal ein Grieche machen?“ Ein Kellner, schwarz-weiß gekleidet, serviert das Essen. „Zweimal die Gyros-Platte, einmal Moussaka und einmal Schnitzel Jäger Art mit Pommes und gemischtem Salat.“ Rainer kippt in rauen Mengen Salz und Pfeffer auf seine Gyros-Platte und regt sich auf: „Andi, du isst in Griechenland Jägerschnitzel, sag mal, hast du überhaupt kein Kulturverständnis?“ Andi antwortet gelassen: „Na und, eigentlich hatte ich mal wieder richtig Appetit auf Eisbein mit Kraut, aber das haben sie hier nicht, das gibt es anscheinend nur auf den Kanaren.“ „Gibt es für deinen Salat auch eine Green Card?“ „Nein, da liegen Tomaten drauf.“ „Rainer, seit ich dich kenne, verwürzt du dir jedes Essen und überziehst alle Körperstellen mit Tätowierungen. Hat das einen besonderen Grund?“, fragt Ivy, die Salz- und Pfefferstreuer entgegennehmend. „Kann schon sein, Ivy, danke der Nachfrage.“ Unerwartet holt Rainer zu einer Antwort aus. Ist er stoned? „Ich kompensiere Dinge, die mir nicht passen. Wer ist schon so straight wie Viktor?" „Was musst du kompensieren außer gelegentlichen Abfuhren, die du vollkommen zu Recht bekommst?" „Was weiß ich? Meine Erziehung, das Verwöhnte, die wohlbehütete Mittelstandskultur? Irgendwie hat mich schon immer alles fertig gemacht, es war beengend und unbefriedigend. Man bekommt alles, kann alles tun, solange es im **Rahmen** bleibt. Hauptsache die Fassade stimmt." „Müsstest du nicht langsam darüber hinweg sein?" „Was weiß ich. Wir müssen nicht so hart fighten für unsere Existenz wie die Generation vor uns. Die Selbstverständlichkeiten haben mich auch schon immer gestresst. Vielleicht fehlt mir einfach das letzte Stück Ehrgeiz. Ich habe mir neue Herausforderungen gesucht, lebe mich in meiner Freizeit aus und mache aus meinem Körper ein Gesamtkunstwerk." „Klingt mehr als vernünftig, Rainer", mische ich mich ein. „Das ist doch pubertär! Du kannst aus deinem Leben machen, was du willst, egal in welcher Hinsicht, keiner hält dich von irgendetwas ab", mischt sich Andi ein. „Ich habe mich für die Richtung entschieden und ziehe die Aktion durch." „Du hast grundsätzlich die Entscheidungsfreiheit, das ist ein Privileg", sagt Ivy. „Theoretisch ja. Je mehr Freiheit ich habe, umso mehr bilde ich mir ein, sie zu brauchen, ich meine das Lebensgefühl....", antwortet Rainer. „Ständig Alternativen abzuwägen und zu glauben, da verpasse ich etwas, da muss ich hin, was kann ich noch machen… strengt nur unnötig an und macht auch nicht glücklich“, antwortet Ivy. „Freiheit kann zum Käfig werden“, jammere ich in mein Mythos und schlucke. „Klassische Probleme des saturierten Mittelstands“, resümiert Andi überdrüssig. „Ihr seid ewige Kinder. Wie fühlen sich die Menschen in Ländern mit Diktaturen, mit Regierungen, die auf Angst und Terror basieren, die foltern? Wie denken sie über Freiheit und das Sich-Ausleben?“ Gegenüber spielt der Indianer Frank Sinatras *New York*; klingt auch in Thessaloniki, auf einer Panflöte vorgetragen, interessant. Selbstbestimmung und Eigeninitiative aus dem Land der Freiheit. Die Musik kommt an unserem Platz im Restaurant leise, aber deutlich hörbar an. Das verleiht ihr einen angenehmen Hintergrundcharakter.

„Selbst wenn du Recht hast, Rainer, und wir zu verwöhnt und behütet erzogen worden sind, vor Erfahrungen jeglicher Art bewahrt dich das nicht. Es gibt trotzdem jede Menge Arschlöcher und mit deinen Gefühlen musst du auch klarkommen“, erklärt Ivy und ich bin mir nicht ganz sicher, ob sie dabei kurz in meine Richtung schaut. Wohlstand bewahrt einen zumindest vor Armut, denkt sich der Arsch. Vor mehr wahrscheinlich nicht, denkt er weiter.

Wir bestellen eine Runde Mittelstands-Mythos. „Die Erziehung“, setzt Andi Rainer zugewandt an, „ob zu verwöhnt, zu streng, wie auch immer, spielt für uns keine Rolle mehr. Oder willst du es immer noch jemandem recht machen? Schaut dir jemand über die Schulter?“ „Ich bin mein größter Kritiker und Bewunderer.“ Ein Priester läuft auf unser Restaurant zu. An einer Kette pendelt ein Kreuz auf Höhe seines Brustkorbs hin und her, pendelt zwischen den Welten, angetrieben durch den Rhythmus des Gehens. Er bleibt vor den Tischen stehen und schaut sich um. „In unserem Alter kann man sich langsam über die andere Seite Gedanken machen, wir sind dem Tod näher als irgendwelchen Prägungs- und Erziehungsphasen“, spinnt Andi weiter. „ Stimmt. Vor allen Dingen morgens“, antworte ich. „Lasst uns bezahlen“, sagt Rainer, „Andi, mach das doch mal klar.“ Andi versucht dem Kellner mit einer nach oben gerichteten, winkenden Handbewegung `bezahlen bitte` zu signalisieren. Der Priester hebt seine Hand und winkt zurück, kassiert uns aber nicht ab. Er lächelt uns ungläubig an.

Wir sehen ihn in eine andere Richtung davonlaufen, stehen vor einer Bar, entscheiden nicht das erstbeste Etablissement zu nehmen, gehen die langgezogene Straße mit Geschäften, Musikkneipen, Restaurants und anderen Vergnügungen entlang. Wir sehen schwache Lichter von Flugzeugen, davon unbeeindruckte Sterne, wir sehen den Abendhimmel, den teilweise verdeckten Mond und die Lichter der Stadt. Wir treiben durch das pulsierende

Geschäftsviertel, steuern ein Musik-Café an, es ist voll. Zur Abwechslung gibt es mythisches Bier aus der Flasche, Ivy trinkt erst einmal Weißwein. Urlauber tanzen auf kleinen, improvisierten tisch- und stuhlfreien Flächen zusammen mit jungen Thessalonikanern. Jeder tanzt in der Gruppe für sich und auf eine abstrakte Art mit den anderen verbunden. Status- und Phallussymbole tanzen mit- und gegeneinander. Ein Tisch wird frei. „Weißt du noch, als wir jung waren und die Welt und offen stand?“ „Mir nicht.“ „Welches jung meinst du, das vor 10, 20 oder 30 Jahren?“ „Das junge Jung.“ „Als ich jung war, lernte man das Tanzen in der Tanzschule.“ „Als ich jung war, war das Leben voller Ereignisse, alles hatte eine besondere Bedeutung. Mir kam alles wichtig vor, ich konnte nur im Jetzt leben.“ „Im Jetzt kann ich heute besser leben.“ „Weil du dich an gestern nicht mehr erinnern kannst.“ Eine junge Bedienung kommt an unseren Tisch, räumt die leeren Gläser und Flaschen ab. Sie hat eine kunstvoll gestochene, dem Mittelalter nachempfundene Steinburg um den Hals tätowiert; aus dem offenen Falltor schaut ein grinsender Totenkopf. Auf ihren Fingergliedern sind griechische Buchstaben erken-nbar. „Ich dachte immer, Tätowierungen haben nur Knastis und Seefahrer, Rainer?“ „Und Bürgermeister, Alter!“ Ivy beginnt zu erzählen: „Eine Freundin von mir hat sich ein neues Tattoo stechen lassen. Sie steht auf Luxus, shoppt fast täglich, sie steht auf Körperschmuck, ihre

Brüste sind vergrößert." Rainer beginnt zuzuhören. „Unterhalb der linken Brust wollte sie `Ich atme` in englischer Sprache stehen haben. Sie hat nochmal nachgeschaut, wie man es schreibt, bevor sie zum Tätowierer ist. Natürlich durfte es nicht irgendein No-Name Tätowierer sein, sondern einer der Besten und Bekanntesten überhaupt sollte die Stiche setzen. Der hat nach ihren Infos aus der `Promi-Szene` sein Studio in der Nähe des Brandenburger Tors. Also fährt sie mit ihrem Sohn, der auch ein Tattoo will, nach Berlin, übernachtet dort und stellt sich früh vor den Laden. Die beiden reihen sich in eine Schlange ein und müssen stundenlang warten, bis sie den Eingang des Studios erreichen. Ein schwarzer, rund 120kg schwerer Muskelmann begrüßt sie und ihren Sohn. Er sah aus wie der Rausschmeißer einer Disco, hat sie erzählt. Und dann stellt sich heraus, dass der weltbeste Tätowierer gerade für ein halbes Jahr auf Weltreise ist. Sie bildet sich ein, dieser Mann vor ihr muss auch sehr gut sein, sonst würde er nicht hier beim Besten arbeiten, und lässt sich das Tattoo setzen. Ihr Sohn hat noch keine klare Vorstellung von seinem Motiv und soll sich eins aus dem Vorlagen-Katalog aussuchen, während die Mama gestochen wird." „Ivy, worauf willst du hinaus?", fragt Rainer. „Halt die Klappe", antwortet Ivy und fährt fort. „Der Junge kann sich nicht entschließen und sagt dann zu seiner Mutter: Mama, such du mir doch bitte eins aus." „Wie alt ist der Junge?" „22" „Das ist ein dickes

Ding“, kommentiert Rainer. „HEUTZUTAGE sind die Kids verwöhnt. Da fehlt sogar der eigene Gestaltungswille“, sagt Andi. „Ich weiß bei meinen Tattoos immer, wie es weitergehen soll“, fällt Rainer auf. „Die größte Angst der Kids ist es, dass sie irgendwo landen, wo es kein offenes WLAN gibt, habe ich gelesen.“ „Die Kinder heute sind oft witzig, liberal und offen. Und wissen nicht genau, was sie in der Zukunft erwarten wird“, predigt Ivy. Na denn mal Prost. Yamas. Yamas. „Wie alt ist deine Freundin, Ivy?“, fragt Marcel Reich-Ranickis Neffe.

17

Philipos Karadimas läuft mit einem Pit Bull Terrier die übliche Runde durch den fast leeren Park. Ab und zu kommen ihm Frühsportler joggend entgegen, eine kleine Gruppe übriggebliebenen Nachtlebens kreuzt seinen Weg, ansonsten ist es idyllisch ruhig. Er ist noch müde, es ist 05.30 Uhr morgens, seine Schicht hat vor einer Viertelstunde begonnen. Manchmal bildet er sich ein, die aufputschende Wirkung des Coffeins in seinem Morgenkaffee erreicht ihn nicht mehr. Oder sind es das Alter, der jahrelange Schichtdienst, der Gleichlauf der Dinge? Ihm fehlt eine schlüssige Erklärung. Er schießt gegen einen größeren Kieselstein. Seine blaue Uniform sitzt zu eng und spannt an der Taille. Er denkt, wie häufig, an die Demonstrationen vor ein paar Jahren. Damals war ihm endgültig klar geworden, dass er als Polizist von großen Teilen der Bevölkerung verachtet wird. Er war nichts weiter als ein Prellbock zwischen wütenden, unzufriedenen Menschen und der Regierung. Eine Glasflasche, von einem Demonstranten geworfen, hatte ihn an der Schulter getroffen. Es schmerzt immer noch bei schnelleren Bewegungen, manchmal im Ruhezustand, manchmal bei Wetterumschwung. Als Entschädigung gab es eine Gehaltskürzung. Vor den Sparmaßnahmen war er mit seinem Gehalt gerade so hingekommen… Und jetzt ist sein Sohn in den Polizeidienst eingetreten, voller Enthusiasmus und idealistisch. So ist das Leben eben. Ich bin Bulle, mein Vater war es, mein Opa, dessen Vater. Ich werde bei Gelegenheit Ahnenforschung betreiben, einen Bullenstammbaum anlegen… Er läuft über einen Parkplatz. Wieso zieht der Köter nach links auf den Bus zu, will er schon wieder pissen oder scheißen? Das hat er doch eben im Park erledigt. Der Hund drängt ihn auf direktem Weg zu einem alten VW-Bus, schnüffelt, wird unruhig, jault vor dem Kofferraum, beruhigt sich nicht. Das muss einen Grund haben, Philipos denkt an Drogen. Arbeit um halb sechs am Morgen, auch das noch. Er zieht den Hund zurück, besänftigt ihn. „Ist gut, Sandro, guter Hund, brav, du bist ein lieber Kerl." Er nimmt seinen Kamm aus der hinteren Hosentasche, kämmt sich ausgiebig, legt den vorderen Haaransatz nach hinten und die Seitenhaare nach unten. Er holt seinen metallenen Zahnstocher - ein Erbstück - aus dem Münzfach seines Geldbeutels und reinigt gründlich seine vorderen Zähne. Er rückt sein Hemd zurecht, steckt es bündig in die Hose, streicht es glatt und überprüft den Hosenstall. Danach setzt er sich auf einen Stein, zündet sich eine Zigarette an, inhaliert tief und lässt ein paar Minuten verstreichen. Er greift sich an seine kaputte Schulter. Wenigstens muss ich zu den Demonstrationen nicht mehr mit. Niemand konnte voraussehen, dass sich die Demos über Jahre hinziehen würden und immer noch kein Ende in Sicht ist. Er nimmt das Funkgerät und kontaktiert seinen Kollegen Ikaros. Die beiden arbeiten im Schichtdienst zusammen. Ikaros meldet sich nach einer Weile. Vom Funkgerät geweckt, klingt er nicht begeistert. „Was gibt's, Philipos?" „Der Hund hat was entdeckt." „Was denn?" „Was wohl? Worauf ist er denn abgerichtet?" „Drogen, denke ich." „An einem VW-Bus hat er angeschlagen." „Eine große Sache?" „Kann ich nicht einschätzen. Ich habe noch nichts unternommen, du weißt doch, keine Alleingänge. Kommst du mit dem Wagen zum Parkplatz des City-Hotels?" „Gleich?" „Ja, Mann. Gegenüber ist ein MacDonald, der öffnet um sechs. Da treffen wir uns und frühstücken erstmal. Der Morgenkaffee ist heute irgendwie an mir vorbeigezogen."

„Ich war am Wochenende im Stadion. Wir haben gegen Piräus verloren, ich gehe nicht mehr hin“, eröffnet Ikaros im Mac sitzend. „Außerdem wird mir der Eintritt zu teuer, Alexandra ist schwan-ger.“ „Schon wieder? Gratuliere.“ „ Danke. Nichts los heute Morgen in der Stadt. Ich habe gerade im Büro richtig erholsam und traumreich geschlafen.“ „Das ist der Vorteil des Personalabbaus, man hat morgens seine Ruhe.“ „Ja, und was machen wir jetzt?“ „Sandro war an einem Bus kaum zu beruhigen. Ich musste ihn bändigen wie einen Stier in der Arena. Das sollten wir uns anschauen. War es ein knappes Ergebnis?“ „Ärgerlich, wir haben 1:0 geführt, das Spiel gemacht und in den letzten 20 Minuten noch zwei Gegentore bekommen.“ „Die Abwehr ist zu schwach, das sage ich seit Jahren.“ „Allerdings.“ „Willst du auch noch einen Burger?“ „Von mir aus.“

Die beiden laufen über die Straße, auf den Parkplatz, direkt auf den Bus zu. Sandro wird wieder unruhig. Ikaros versucht sich an der Fahrertür, nichts passiert, sie ist abgeschlossen. Philipos schaut in den Bus, kann nur Umrisse erkennen. Unsicher, ob sich jemand darin aufhält, klopft er an eine mit einem Batik-Tuch abgedeckte Fensterscheibe. Gereon erwacht und fühlt sich augenblicklich in seiner Privatsphäre gestört. Er öffnet sein Haar, zieht sich ein Hemd an und nimmt drei Züge von der selbstgedrehten Zigarette, die er am Vorabend nicht ganz zu Ende geraucht hat.

Nochmaliges Klopfen. Er öffnet die Tür, betrachtet die beiden Polizisten und verzieht das Gesicht. Genervt grüßt er die beiden, widerwillig betrachtet er den Hund, schicksalsergeben drückt er die Selbstgedrehte im Aschenbecher aus. Die Beamten wollen seinen Namen wissen, stellen weitere Fragen, lassen sich seinen Ausweis aushändigen, durchsuchen den Bus. Der Pit Bull Terrier schnüffelt unablässig an seiner Elefantenhauthose. Gereon überreicht aus der Seitentasche einen fertig gedrehten Joint. Die Polizisten öffnen den Kofferraum, beschlagnahmen das Marihuana, nehmen es in Gewahrsam, deponieren es im Dienstfahrzeug. Sandro uriniert an den Hinterreifen des Busses. Philipos klärt Gereon über seine Rechte auf, Ikaros leert den Inhalt sämtlicher Aschenbecher in einen Plastikbeutel. Der Terrier kommt in den Bus zurück, legt sich auf eine Matratze und sabbert auf das Kopfkissen. Gereon starrt das Tier verständnislos an. Philipos löst die Handschellen von seinem Gürtel, schließt sie um Gereons Handgelenke und fordert ihn auf mitzukommen. Ikaros versiegelt den Bus. Sandro nimmt auf der Rücksitzbank des Polizeiwagens neben Gereon Platz und schmiegt sich an ihn. „Ich möchte nicht berührt werden, das gilt für Menschen und für Tiere“, sagt Gereon. Das Marihuana liegt friedlich im Kofferraum des Polizeiwagens.

„Gereon Harald Ulbricht, geboren am 23.08.1955 in Köln“, liest Ikaros, den Personal-Ausweis betrachtend, vor, während Philipos vom Parkplatz fährt. „Der Ausweis ist seit zwölf Jahren abgelaufen, das kann doch nicht sein?“ „Ich bin nicht dazu gekommen, ihn verlängern zu lassen. Außerdem kenne ich mein Alter und meinen Namen. Ich habe in den letzten Jahren in der Türkei gelebt und sie werden sich denken können, dass ich dort einen deutschen Pass nicht verlängern lassen kann.“ „Was machen sie beruflich?“, mischt sich Philipos ein. „Ich schnitze und veräußere Panflöten.“ „Wollen Sie uns verarschen? Wir finden hier säckeweise Marihuana und Sie erzählen uns was von Panflöten? Sie handeln mit Drogen.“ „Das sind Jutebeutel. Ich wehre mich grundsätzlich gegen den Begriff *Droge*, das ist irreführend. Ich verkaufe meine Pflanzen als Medikament. Es ist wissenschaftlich erwiesen, dass Marihuana zur Schmerzlinderung dient bei Krebspatienten, bei rheumatischen Erkrankungen, bei Epilepsie, Neurodermitis, um nur einige Anwendungsgebiete zu nennen. Ich helfe den Menschen.“ Wut steigt in Philipos auf. Er läuft rot an, gereizt fragt er weiter. „Was wollten Sie in Thessaloniki machen?“ „Ich helfe vier jungen, unsicheren Personen auf der Suche nach sich selbst aus einer Notlage, indem ich meinen Bus und mein Wissen zur Verfügung stelle.“ „Soll das heißen, es sind noch mehr Personen mit Ihnen im Bus unterwegs?“ „Das stand in meiner Aussage.“ „Was sind das für Leute?“ „Es handelt sich um deutsche Urlauber.“ „Geht das etwas genauer?“ „Nach meiner Beurteilung ein unverbesserlicher Frauenheld, der keine Ahnung von Frauen hat und auch nicht viel von ihnen wissen will. Ein staubtrockener Physiker, der zynische Lebensbetrachtungen einer Karriere vorzieht; das kann ich nachvollziehen. Eine Lehrerin, die sich in anderen Kreisen wohler fühlen würde. Ich habe in der Regel keinen direkten Kontakt mehr zu Frauen. Und noch so ein Typ, eine Einschätzung entzieht sich meiner Kenntnis.“ „In welchem Verhältnis stehen Sie zu den Personen?“ „Die vier sind mittlerweile meine Freunde. Ich habe mir angewöhnt, die Menschen aufgrund ihrer Schwächen zu schätzen, man findet zu wenig Starkes. Ich habe vor Jahren meine Fixierungen geändert. Ist Rauchen hier gestattet?“ „Der Typ ist ein Vollidiot, ein Spinner. Ikaros, setz‘ du die Befragung fort, ich gehe ihm gleich an die Kehle, oder besser noch, ich setze Sandro darauf an.“ Sandro hört seinen Namen und schlabbert an Gereons Wange. Der Hippie fühlt sich missbraucht „Ich kann mit Intellektuellen nichts anfangen“, antwortet Ikaros, „ich weiß nicht, was er meint.“ „Einer muss ihn weiter befragen und nachher seine Aussage aufnehmen und das Protokoll tippen. Ich habe bisher alles gemacht und fahre auch noch.“ „Das ist kein Argument. Ich bin sofort hierhergekommen, du warst dran mit Sandro eine Runde zu drehen.“ „Wir knobeln.“ „Einverstanden.“ „Schnick-Schnack-

Schnuck?“ „Okay.“ „Schere.“ „ Brunnen“ „ Die Schere fällt in den Brunnen, Brunnen schlägt Schere, ich habe gewonnen“, freut sich Ikaros. „Wir spielen immer ohne Brunnen.“ „Also gut. Wiederholung.“ „Schere.“ Philipos nimmt zeitgleich eine Hand vom Steuer, krümmt Zeige-und Mittelfinger, hüpft mit beiden Fingern auf dem Armaturenbrett hin und her. „Kampfeichhörnchen! Kampfeichhörnchen gewinnt immer.“

18

„Klasse, dass hier frühstücken nach 12Uhr möglich ist, das nenne ich Urlaub.“ Andi gießt sich die zweite Tasse Kaffee ein im noch gut besuchten, schlicht gehaltenen Frühstücksraum des City-Hotels. Zeitungen verschiedener Nationalitäten liegen auf einem Regal neben dem Buffet. Eine fünfköpfige holländische Familie sitzt plaudernd und essend um einen Tisch, ein paar Russen um die 30 unterhalten sich lautstark am Buffet in einer gehobenen Stimmung, die wir abends in Kneipen nicht immer erreichen. Ein älteres griechisches Ehepaar betrachtet den Parkplatz von ihrem kleinen Fensterplatz aus. Einige Hotelgäste trinken, bereits aufgehübscht, vor der Stadtbesichtigung noch einen Kaffee. Cap, Sonnenbrille, Hawaihemd, Boxershorts, Sandalen.

„Stimmt schon, ein gutes Hotel, ein Glücksgriff. In der Türkei habe ich es in der ganzen Woche nur einmal zum Frühstück geschafft“, erzählt Rainer. „Hast du nicht auch mal im Fitnessraum auf dem Rudergerät gefrühstückt?“ „Das war um halb vier und somit Nachtschicht, Robert.“ „Man merkt schon, dass es in Griechenland liberaler zugeht als in der Türkei. Der ganze Druck fällt von einem ab, bis halb zwölf angezogen im Frühstücksraum sitzen zu müssen.“ Andi hat sich eingeschossen. „Ja. Der Service stimmt auch. Schau dir mein hartgekochtes Ei an, es ist immer noch warm, und das um 12.30Uhr.“ „Und die Auswahl an Brötchen, da drüben liegen Sesambrötchen.“ „Wie viel Sterne hat das Hotel?“ „3, Landeskategorie.“ „Die Zimmer sind auch in Ordnung. WC, fließend Wasser, ein Spiegel im Bad, alles da. Schläft Ivy noch?“ „Nein, sie geht im Park spazieren, sie war fit heute Morgen.“ „Wirklich? Wundert mich.“ „Mich auch.“ „Ich bin immer noch ganz schön angezählt. Die Diskotheken hätten wir uns schenken können.“ „Allerdings. Das ist immer Rainers Wahnsinn, alle Läden abzuchecken.“ „Was regst du dich auf, Robert? In den letzten Schuppen haben sie dich nicht einmal reingelassen“, klinkt sich Rainer ein. „Scheiße, stimmt ja, das hatte ich total verdrängt...Das war verflucht desillusionierend.“ „Vor allem, wenn man bedenkt, was für Gestalten in der Disco rumgelaufen sind“, erinnert sich Rainer. „Keine Ahnung was der Typ wollte. Ich habe mich so konzentriert und versucht alles richtig zu machen. Die Kippe vor dem Eingang weggeschmissen, bin bewusst gerade gelaufen, nicht geschwankt. Ich habe dem Türsteher in die Augen geschaut, ihn kurz nickend gegrüßt und dieser Arsch lässt mich nicht rein." „Du hattest ein fast volles Glas Bier von dem Laden vorher in der Hand." „Echt? Na und, ich war durstig und hätte trotzdem noch einiges konsumiert." „Türsteher brauchen eine Quote, das ist ihre Existenzberechtigung. Du kannst der größte Arsch sein, bist du einigermaßen gut gekleidet, kommst du überall rein. Du musst die Etikette wahren", erklärt der allwissende Physiker. „Aber Rainer haben sie rein gelassen?" „Komisch. Ich gehe mal zu Gereon rüber." „Willst du jetzt schon einen rauchen, Andi?" „Quatsch, das wäre Mord. Mein Koffer liegt noch im Bus. Ich habe ihn gestern nicht mehr mit ins Hotel genommen, das war mir too much."

Ivonne läuft durch den Park, betrachtet die Umgebung, genießt das Stück Natur, die Grünflächen in der Stadt. Sie spürt die kraftvolle Mittagshitze eines Spätsommertages, verlässt die geteerten Wege, läuft über das Gras, über Unebenheiten, über Verästelungen und Wurzeln. Spaziergänger kommen ihr entgegen, Menschen sitzen auf Decken, tun nichts Sichtbares. Manche liegen auf dem Rücken, schauen Richtung Himmel, andere liegen auf dem Bauch und schauen Richtung Erde. Die frische Luft tut gut und das Alleinsein ist vollkommen in Ordnung. Da habe ich mich auf etwas eingelassen, mit Roberts Freunden Urlaub zu machen. Und jetzt auch noch der unverhoffte Griechenland-Trip. Ganz schön anstrengend. Richtig sympathisch ist Andi, das ist mir früher nie aufgefallen, vielleicht ein bisschen zu verkopft, aber in Ordnung. Dass Rainer einen Schuss hat, war mir schon immer klar. Manchmal ist er ganz sympathisch, aber überhaupt nicht mein Typ, da bin ich mit Robert noch einigermaßen gut bedient. Einigermaßen. Dass die beiden sich gut verstehen, sagt auch schon einiges. Jeden Abend dermaßen in die Länge zu ziehen, dass immer der nächste Tag gelaufen ist… Andererseits war es nicht schlecht in der Disco, die Musik war gut, ich habe mal wieder richtig getanzt. Zwei Männer wollten mir ihre Handynummer geben, einer war ganz nett, hat nicht schlecht ausgesehen. Humor hatte er auch. Was soll`s, sich im Urlaub eine Handynummer geben zu lassen ist Quatsch. Witzig war, dass sie Robert nicht reingelassen haben. Geschieht ihm recht. So wie ich ihn kenne, geht er heute wieder hin und versucht da reinzukommen, so doof ist der, und höchstwahrscheinlich ist er wieder genauso besoffen. Ein Wahnsinn, dass ich immer noch nicht einschätzen kann, ob es das Richtige ist, mit ihm zusammen zu sein. Ich fühle mich oft zu beschissen. Andererseits weiß ich nicht, ob es DEN Richtigen überhaupt gibt. Seit wie vielen Jahren stelle ich mir diese Frage?

Stellen sich nicht alle Frauen diese Frage in irgendeiner Form? Nutze die Zeit mit den Falschen, sagt meine Freundin. Wenn es nur so einfach wäre. Jahrelang habe ich mir liebenswerte Männer gesucht, die alles für mich gemacht haben, aber irgendwie war das auch nicht die Erfüllung. Wie war ich zu ihnen? Ivonne hält kurz an einer Parkbank, holt aus ihrer Handtasche einen Stick *Aspirin Effect*, lässt den Inhalt in ihren Mund gleiten und schmeißt das leere Tütchen in einen Abfalleimer neben der Bank. Immer fehlte das Quäntchen, das alles rund werden lässt. Jetzt habe ich einen Typen, für den es mindestens genauso wichtig ist, in Kneipen rumzuhocken wie eine Beziehung zu führen. Das brauche ich, mein Täubchen, als Ausgleich… Richtig liebenswert wird er immer erst, wenn ich Schluss mache und mich von ihm abwende. Manchmal reicht auch schon die Androhung auf Entlassung, das werde ich mal wieder durchziehen. Ein bisschen mehr Geborgenheit, Zusammengehörigkeit, Hörigkeit wünsche ich mir. Ich hole mir jetzt ein Eis an dem Stand da drüben, drei Kugeln Hörigkeit. Ich werde schon nicht gleich fett werden, zumindest nicht die BMI-Werte von Stavros oder seiner Frau erreichen. Waren das noch Zeiten, als ich eine Waage mit in den Urlaub genommen habe… Als Nächstes mache ich einen Urlaub nur mit Frauen, zumindest am Anfang. „Drei Kugeln, bitte, Vanille, Pistazie, Erdbeere."

„Wie war es in der Disco, Rainer, in die ich nicht durfte?“ „Grenzwertig, viel zu Typen-lastig. Die Frauen, die da waren, wurden von ihren Freunden bewacht wie Sträflinge von ihren Wärtern. Ich hätte bis 12 Uhr mittags dort bleiben können und es wäre absolut nichts passiert.“ „Scheiß Diskotheken, das ist nicht mehr unser Ding.“ „Stimmt.“ „Gehst du heute wieder hin?“ „Denke schon, und du?“ „Wahrscheinlich, ich war ja noch nicht drin.“ „Vielleicht ist ein anderer Türsteher da.“ Andi kommt ohne Koffer zu unserem Tisch gelaufen, macht einen Abstecher ans Buffet, holt sich Schinken, Ei, Butter und ein Baguette. Er setzt sich zu uns, schneidet das Brot auf und fängt an zu reden: „Ich konnte meinen Koffer nicht holen. Irgendetwas stimmt da nicht, der Bus ist versiegelt.“ „Wie, versiegelt?“ „Ich glaube, es ist ein Polizeisiegel. Abgeschlossen ist er auch, Gereon ist nicht da.“ „Ein Polizeisiegel, klingt nicht gut.“ „Was machen wir jetzt?“ „Keine Ahnung. Wie komme ich an meinen Koffer?“ „Was ist denn im Koffer?“ „Pornos, Alter. Quatsch, meine Klamotten, mein Ausweis, meine EC-Karte, Geld, alles Wichtige ist im Koffer.“ „Du kannst Klamotten von mir haben, kein Problem“, bietet Rainer an. „Dein stylisches Zeug. Erstens ist es mir zu klein und zweitens laufe ich nicht in diesen farbig-leuchtenden Teenie-Klamotten rum.“ Wir trinken unseren Kaffee aus, laufen auf den Parkplatz und betrachten den Bus. Andi beißt in sein Baguette und deutet auf das Siegel.

Wir beratschlagen uns, rauchen eine und denken über Drogen nach. „Das gibt Ärger“, sagt Andi und schiebt das letzte Stück Baguette-Brötchen in seinen Mund. Ernüchterung kommt auf. Ivy läuft von der anderen Straßenseite zu uns und betrachtet den Bus. „Was ist das denn?“, fragt sie. „So eine Katastrophe, ich bin Beamtin, das gibt Ärger.“ „Niemals, das bisschen Gras, wir haben doch nichts verbrochen“, antworte ich und überlege mir, ob wir die Tour am Nachmittag durch die Altstadt trotzdem unternehmen. „Hoffentlich ist Gereon nichts passiert“, sagt Ivy. „Hast du *Blow* mit Johnny Depp gesehen?“, fragt mich Rainer. „Klar, erste Szene, Drogenübergabe am Flughafen. Der Stoff wird aus den Flugzeugen geholt, du hörst das Rattern der Triebwerke, es ist windig und laut, untermalt wird die Aktion mit dem Stones-Song *Can't you hear me knocking.“* „Der Dealer, Georg Jung, um den sich die Geschichte dreht, hat im Gefängnis Rotz und Wasser geheult, als er den Film gesehen hat“, erzählt Rainer. „Ich finde, er hat auch im Film viele sympathische Züge.“ „Letztendlich ist es eine tieftraurige Verliererballade.“ „Auch.“ „Hat der nicht mit Pablo Escobar Geschäfte gemacht?“, fragt Andi. Zwei Polizisten kommen in einem Streifenwagen auf den Parkplatz gefahren, halten neben dem Bus, schauen uns skeptisch an. Sie besprechen sich kurz und laufen auf uns zu. Ohne Vorwarnung zieht der eine sein Smartphone aus der Tasche. Er zeigt uns ein Foto von Gereon in

Handschellen auf der Rücksitzbank eines Pkw sitzend. Auf dem Bild versucht Gereon eine selbstgedrehte Zigarette zum Mund zu führen. Er hat seine beiden gefangenen Hände nach oben zum Kinn gezogen. Neben ihm sitzt ein Pit Bull Terrier und lächelt etwas gekünstelt. „Kennt ihr den?“, fragt der ältere Polizist in einem die Antwort implizierenden Ton. „Welchen von beiden?“, erlaube ich mir. „Das ist Gereon Ulbricht und er hat ausgesagt, mit drei aus Deutschland stammenden Männern und einer Frau unterwegs zu sein. Und was sehen wir hier vor seinem Bus? Drei Männer und eine Frau. Glaubst du an solche Zufälle, Ikaros?“ „Seit ich Polizist bin, glaube ich an nichts mehr, Philipos. Wir müssen der Sache auf den Grund gehen.“ „Richtig. Du lässt dir jetzt die Ausweise zeigen und nimmst die Personalien auf.“ „Worum geht es denn überhaupt, wenn man einmal fragen darf?“, fragt Andi freundlich, höflich, frei von jeder Schuld. „Es geht um Drogen, um eine ganze Menge Marihuana“, antwortet Philipos.

Wir laufen gemeinsam über den Parkplatz ins Hotel, holen unsere Ausweise an der Rezeption und beginnen ein Gespräch mit den beiden Polizisten. Wir sitzen im Foyer gegenüber der Rezeption auf etwas älteren, bequemen Sesseln um einen niedrigen Glastisch. Die beiden Polizisten haben es sich auf einer beistehenden Couch gemütlich gemacht. Die vorbeilaufenden Urlauber beobachten uns. Einige schauen neugierig, flüstern, bleiben stehen. Manche nehmen an den angrenzenden Tischen Platz, nehmen an dem unverhofften Ereignis teil. Ein älterer deutscher Tourist, Bierwanne, stahlblaue Augen, akkurat gescheitelt, Goldkettchen um Hals und Handgelenk, setzt sich fast zu uns und blättert in einer Zeitung. Eine Frau, Mitte 50, redet auf ihren Mann ein, während sie mit ihrem Zeigefinger auf uns deutet. Was sie sagt und meint, bleibt unklar. Manchen Hotelgästen ist die Situation vollkommen gleichgültig, sie leben einfach weiter. Die Hotelangestellten überspielen den Vorgang, die Aktion kommt ihnen ungelegen. Wir verlieren Prestige, unser Ansehen sinkt. Andi hat keinen Ausweis und erzählt die Koffergeschichte. Wir berichten auf Nachfrage, wie wir Gereon kennengelernt haben, und erklären, dass wir ihn als Fahrer engagiert haben, weil wir lieber Urlaub in Griechenland als in der Türkei machen, dass wir von unserer Grundeinstellung dem Land näher stehen, dass wir kulturgeschichtlich suchend sind. Wir labern von liberalen Lebensgefühlen in Griechenland. Die beiden Polizisten hören fast gelangweilt zu. Rainer organisiert eine Flasche Wasser. Wir erzählen nicht, weshalb wir das türkische Hotel verlassen haben, wir erwähnen weder Viktor noch Patrizia noch Stavros. Wir verzichten auf einen Schwank aus unserer Jugend und auf Ereignisse aus unserer Kindheit. „Sind denn während Ihrer gemeinsamen Zeit mit Herrn Ulbricht Drogen konsumiert worden oder hat er welche kon-sumiert?" „Uns ist nichts aufgefallen", erklärt Andi. „Nehmen Sie Drogen?" „Beim besten Willen nicht, wir machen uns doch nicht kaputt. Wir trinken ab und zu mal einen", führt Andi weiter aus. „Ich bin vollkommen überrascht, ich habe das nicht erwartet. Herr Ulbricht ist so ein prinzipientreuer, geradliniger Typ", ergänze ich, nachdem mich der ältere Polizist lange fixiert hat in Erwartung einer Stellungnahme. „Wollen Sie uns erzählen, dass Herr Ulbricht wie ein Abstinenzler auf Sie gewirkt hat?", klinkt sich der junge Bulle ein. Er zieht zur Verdeutlichung sein Smartphone aus der Tasche und zeigt noch einmal Gereons Aufnahme, inklusive Handschellen, selbstgedrehter Kippe und dem Pit Bull Terrier. Keiner sagt etwas. „Die Menschen sind schwer einzuschätzen heutzutage, auf das äußere Erschei-nungsbild gebe ich schon lange nichts mehr", ringt sich Rainer vermittelt ab und greift mit seiner tätowierten Hand kurz an einen vorderen Bereich seiner tarnfarbenen Drei-Achtel-Hose. Er betrachtet seine orange-leuchtenden Turnschuhe, seine Base Cap hängt tief ins Gesicht gezogen. „Okay, wenn sich das Ganze so verhält, wie ich denke, und meistens verhält sich das Ganze exakt so, wie ich es mir ausmale", resümiert Philipos, „dann haben wir noch einigen Klärungsbedarf. Sie kommen bitte alle vier morgen Nachmittag zu einer Aussage aufs Präsidium." „Geht klar." „Noch Fragen?" „Könnte ich bitte meinen Koffer aus dem Bus holen?", fragt Andi. „Nein, die Untersuchungen sind noch nicht abgeschlossen.“ „Wieso sprechen Sie so gut Deutsch? Das ist erstaunlich“, fragt Ivy freundlich, entwaffnend, frei von jeder Schuld. „Ich verhafte seit über 20 Jahren deutsche Touristen. Ich bin für euch zuständig und war mal mit einer deutschen Frau zusammen“, erzählt Philipos, ein stolzer Unterton schwingt im letzten Drittel des Satzes in seiner Stimme mit. „Ich habe meine Kindheit in Deutschland verbracht“, erzählt Ikaros, „meine Eltern hatten den Gasthof `Zum ständig blauen Adler` in einem Dorf bei München gepachtet.“ Die beiden verabschieden sich förmlich, laufen in aufrechter Haltung zu ihrem Fahrzeug und lassen uns unter den neugierigen Blicken verschiedener Hotelgäste in den Sesseln sitzend zurück.

„Heute Mittag esse ich Calamaris, trinke ein Glas Retsina, dann lege ich mich auf die Couch und entspanne. Das ist der Vorteil der Frühschicht“, erzählt Philipos vom Parkplatz auf die Hauptstraße fahrend. „Gegen wen spielen wir nächste Woche?“ „Gegen die Insulaner, gegen Heraklion, das wird nicht leicht.“ „Das nächste Spiel ist immer das schwierigste, sagen die Deutschen. Hoffentlich gibt es wieder mal einen Dreier.“ „Was isst du heute?“ „Die Reste von gestern, Lammfleisch mit Kartoffeln. Schlafen ist für mich nicht drin, die Kinder sind zu laut.“ „Das habe ich jahrelang mitgemacht.“ „Ich mag die Spätschicht lieber, da komme ich heim und die Kinder schlafen schon." „In ein paar Jahren ist diese Phase auch vorbei." „Alexandra ist wieder schwanger, das habe ich dir doch gesagt." „Was hältst du von den Leuten, Ikaros?" „Verwöhnte, harmlose Spinner." „Für dein Alter treffend und präzise eingeschätzt." „Sie sieht gut aus. Für ihr Alter, meine ich." „Manche Frauen halten sich. Das ist meine Lebenserfahrung. Aber es ist mir gleich, an Affären bin ich nicht mehr interessiert. Genau genommen war ich`s nie."

19

Neoklassische Gebäude Seite an Seite mit modernen Konstruktionen. Neubauten mit Glasfassaden, ambitionierte Geschäftspassagen, dann wieder alte, dunkelgraue, marode, fast baufällige Häuser mit kleinen Balkonen voller Wäsche. Abwechslungsreiche Vielfalt, auch am Nachmittag. Ivy und ich schlendern durch das Zentrum der Stadt. Wir laufen durch schmale Straßen, verwinkelte Gassen, über langgezogene, gepflasterte Treppenwege in die hoch gelegene Altstadt. Ein Maler streicht den weißen Eingangsbereich einer großen Kathedrale. Eine Touristengruppe schaut ihm zu, fotografiert ihn, während die Reiseleiterin Geschichtliches preisgibt. Wir schauen auf das Stadtzentrum und den Hafen vom Gingirli-Turm aus. Wir durchstreifen die vollständig von Mauern umgebene Akropolis Thessalonikis, setzen uns in eine Taverne, trinken Kaffee, beobachten die Menschen von unserem schattigen Platz aus. In einem Linienbus fahren wir zum Hafen. Die verkehrsreiche Hafenpromenade wandelt sich nach einer Weile zur Fußgängerzone. Ich mache ein Photo: Alexander der Große reitet auf einem Pferd. Ivy kauft sich eine Bluse und einen neuen Bikini. Das Bikini-Oberteil ist mit täuschend echten Diamant-Steinchen besetzt. Ich erwerbe einen kleinen, beschichteten Holzaschenbecher.

Im Arm des Gesetzes. Das Schlimme ist nicht die Tristesse der Gefängniszelle, das Schlimme sind nicht die kahlen Wände und die Gitter oder das Eingesperrtsein an sich, das Schlimme ist, dass Gereon sich diese Zelle mit fünf anderen teilen muss. Er hat nichts dagegen sich mit Menschen seiner Wahl zu umgeben, trotz seines Eremitendaseins pflegt er Kontakte und hält sie aufrecht. Aber er verabscheut es, sich mit Personen auseinandersetzen zu müssen, die er unter anderen Umständen nicht zu seinem Bekanntenkreis zählen würde. Ihm graut vor den Geräuschen in der Nacht, er hat keine Lust auf Unterhaltung, hat keine Lust sich Status und Respekt zu verschaffen, um Anerkennung zu kämpfen, aber er möchte auch keine Opferrolle einnehmen. Es fehlen ihm Distanz und Privatsphäre, um in seine meditativen, isolierenden, schützenden Zustände eintauchen zu können. Ihm fehlt Marihuana. Jetzt bin ich hier und muss mich mit diesen Serienkillern, oder was sie auch immer sind, auseinandersetzen. Nach einer seiner im Laufe der Jahre entwickelten Theorien sind die realen Dinge nicht so wichtig, das eingebildete Leben muss stimmig und erfüllend sein. Du kannst dich immer am gleichen Ort aufhalten, immer den gleichen Beschäftigungen nachgehen, auf Komfort und Annehmlichkeiten verzichten, Kontakte einschränken, unter widrigen Bedingungen leben, du musst es dir nur richtig zurechtrücken können, fehlgeleitete Wichtigkeiten entwerten, den gedanklichen Raum nutzen… Ich weiß auch, dass meine Theorie hinkt, wie jede Theorie hinkt, weil alles widersprüchlich ist, weil das eingebildete Leben und das reale Dasein nicht genau zu trennen sind, sich beeinflussen, wechselwirken. Immer wieder bin ich zu dem Ergebnis gekommen, von meinen Mitmenschen wenigstens teilweise emotional abhängig zu sein. An diesen und ähnlichen Fragen in verschiedensten Konstellationen **arbeitet** Gereon, seit er auf der Suche ist, wie viele Menschen, die sich meditativen, bewusstseinsverändernden Zuständen hingeben. Seit dem Betreten der Gefängniszelle und dem Anblick der Mithäftlinge hat er sich erneut in die Kontakt-Frage verbissen. Er agiert die ersten Stunden überhaupt nicht, sitzt auf seiner Matratze, schaut vor sich hin, schaut in sich und lässt sich anschauen.

Irgendwann erreicht er einen Endpunkt der abwägenden Betrachtungen. Ich baue Sozialkontakte auf, ich brauche Tabak.

In den Abendstunden treffen wir Rainer und Andi. Eine urige Taverne in einer schmalen Gasse sagt uns zu. Auf beiden Seiten der gepflasterten Straße sind landesübliche, schlichte Holzstühle und kleine Tische mit matt orangen Tischdecken aufgestellt. Die Taverne ist gut besucht, wir schieben zwei kleine Tische zusammen. Fachwerk, ockergelbe Wände, braun gerahmte Holzfenster, zwei Straßenlaternen. Ein ovales Schild ist oberhalb der Eingangstür angebracht und hängt seitlich nach außen herab: „*OYZOY MEAAOPON*". Entspannt genießen Urlauber und Ansässige die nachlassende Tageshitze, das Essen und die fast familiäre Atmosphäre der schmalen Gasse. „Ich würde gern wissen, wie viel Marihuana die Bullen genau gefunden haben. Sie haben es nicht gesagt", beginne ich. „So harmlos ist unser Alt-Hippie nicht, wenn sie ihn gleich verhaften", sagt Rainer. „So ein Scheiß! Auf was habe ich mich da nur eingelassen, wessen Idee war das?", motzt Ivy. „Schuldzuweisungen haben keinen Sinn, es ist ein Problem der antiquierten Gesetzgebung, wie überall. Gereon ist den Niederungen der Justiz zum Opfer gefallen", sagt der allwissende Physiker. „Es war nicht so gemeint, ich bin nur sauer und mache mir Sorgen", reagiert Ivy. „Es ist purer Zufall gewesen und an sich so unwahrscheinlich, dass der Bulle mit seinem Hund ausgerechnet zu der Zeit über den Parkplatz läuft und genau an dem Bus vorbei kommt", redet Andi weiter. „Die Welt wird von einem großen Zufallsmagneten gesteuert. Das ist bei den Frauen genauso. Manche lernst du kennen, die sind dir egal, manche willst du kennenlernen und es wird niemals geschehen", beklagt Rainer, nicht zum ersten Mal, in seinen Gedanken versinkend. Kurz läuft die argumentstarke Stewardess vom Hinflug durch sein Blickfeld, für immer verloren, lost. „Es ist dumm gelaufen und kostet uns mindestens einen Urlaubstag. Für Gereon ist es schlimm", gehe ich in unsere Realität zurück. „Ich habe noch eine Woche Urlaub", fällt Rainer ein. „Du hast in deinem ganzen Leben noch nichts gearbeitet", setzt Andi entgegen. „Was machen wir heute Abend? Gehst du später mit in die Disco, Robert?" „I`m not sure, Rainer." „Ich gehe heute ganz sicher nicht", sagt Ivy. „Andi, du?" „Weiß nicht, mir egal. Der Weißwein schmeckt lieblicher hier im Vergleich zum Frankenwein, der immer gleich so reinhaut, ein bekömmliches Getränk." „Andi, du als Physiker, inszenier' doch ein Erdbeben als ablenkendes Ereignis am Stadtrand, dann holen wir Gereon aus dem Knast." „Ich bin kein Seismologe. Wenn ich Platten im Erdinneren verschiebe, bekomme ich Rückenschmerzen. Wir sprengen lieber den Bus in die Luft, vernichten Beweismaterial und nutzen das entstehende Chaos, um ihn aus dem Knast zu holen. Obwohl, mein Koffer liegt ja noch im Bus..." „Was wohl Viktor, der wandelnde Superlativ, in unserer Situation machen würde?", denke ich laut nach. „Ein Meeting abhalten, die Polizisten schmieren, das Gefängnis kaufen?" „ Andi, lass mich bitte mal den Wein versuchen. Danke." Ich laufe durch den menschenleeren Innenbereich des Lokals, über einen gefliesten Fußboden, vorbei an zwei Kellnern, deren Tabletts am Tresen mit Kaltgetränken beladen werden. Ein Akropolis-Wandgemälde ziert den Innenraum. Auf dem Rückweg bestelle ich ein Glas Wein. „Muss man wegen Marihuana immer noch so einen Aufstand machen? Selbst unsere amerikanischen Freunde haben es mittlerweile in vielen Staaten legalisiert und dadurch entkriminalisiert", höre ich Andi reden. „Bei mir wirkt es nicht einmal richtig", bedauert Ivy. „Beneidenswert", entgegnet Rainer, „das würde mir eine Menge Geld sparen." Zu viel Rauch um Rauch.

20

Philipos fährt mit seinem Seat Ibiza von der Arbeit nach Hause in den nördlichen Außenbezirk der Stadt. Geduldig wartet er an roten Ampeln, ist dankbar, dass der Verkehr wenigstens zäh fließt. Drei Autos fahren an einer Kreuzung bei Rot, verursachen beinahe eine

Kollision mit den anfahrenden, abbiegenden Fahrzeugen der gegenüberliegenden Seite. Alltag. Er biegt in seine Straße ein, öffnet das Tor, fährt den Seat zur Hälfte rückwärts in seine kleine Werkstatt. Er ist stolz ein Garagenbesitzer zu sein. Parkplätze sind Mangelware im gesamten Stadtbereich. Am Wochenende bastelt und repariert er häufig in seiner Garage. Er steigt aus, entfernt die vier im Boden verankerten Holzdielen, öffnet den Kofferraum und verstaut das in Jutebeuteln verpackte Marihuana in der Grube. Er schließt sie, betritt seine Wohnung, wäscht sich die Hände und schickt an Ikaros eine SMS: `Alles klar, mein Junge.` Er begrüßt seine Frau Elisabeth, küsst sie auf den Mund und erzählt ihr, dass Ikaros am Morgen schon wieder im Dienst eingeschlafen ist, dass kleine Kinder nachts ganz schön strapazieren können. Er isst seine Calamaris, trinkt dazu Retsina, legt sich auf die Couch, schaltet den Fernseher an, schaut eine Nachmittagstalkshow nicht wirklich. Die gewünschte Müdigkeit überfällt ihn. Eine blühende Wiese, langhaarige, schlaksige Bäume, die Blätter grün und klar. Es fängt an zu regnen. Die Blätter wachsen, werden größer, sie leuchten grüner. Er klettert auf einen der Bäume, setzt sich auf einen Ast und möchte ein gezacktes Blatt abzupfen. Es löst sich nicht, es gibt nicht nach. Er wendet Kraft auf, reißt an dem Blatt mit beiden Händen, verliert das Gleichgewicht, rutscht von seinem Ast und fällt. Er fällt lange und tief durch das

Weltall. Durch den Aufprall wacht er direkt hinter dem Lenkrad seines Dienstwagens auf. Unverständliche Nachrichten prasseln auf ihn ein, das Funkgerät signalisiert `melden`, er kann nicht reagieren, er ist mit Handschellen an das Lenkrad gefesselt. Ein altersmüder, deformierter Schäferhund sitzt auf dem Beifahrersitz neben ihm, lächelt und raucht.

Mürrisch, erschöpfter als vorher, steht er auf, schaltet den Fernseher aus, geht in die Küche und macht sich einen Kaffee. Elisabeth bügelt nebenan. Als sie anfängt Staub zu saugen, wird es ihm zu laut, er geht ein Stück spazieren. Er läuft um den Wohnblock, registriert spielende Kinder, Frauen beim Wäscheabnehmen, den Berufsverkehr. Zu Hause duschen und rasieren, er fühlt sich besser. Nach dem Abendessen mit Elisabeth baut er sich einen Joint in der Garage. Leicht benommen, durstig, hungrig, verspürt er Lust auf Sex, legt im Wohnzimmer eine alte Dylan-CD auf, kuschelt sich an Elisabeth, fährt durch ihr schwarzes Haar, nutzt ihre angenehme Überraschung. Er öffnet ihre Bluse, ihren BH und liebt seine Frau wie lange nicht mehr. Er verliert sich im dunklen Dicht ihrer Haare, verschiedene Körperteile fahren über ihre üppigen Brüste, er küsst sie an den Stellen, die ihm gerade einfallen. Gegen seine Gewohnheit nimmt er sich Zeit für das Vorspiel. Elisabeth umfasst den Bullenstammbaum, sie greift ihn, ist von seiner Intensität ergriffen. Saftig und fruchtbar spielt Philipos *Knocking on Heavens Door* in Elisabeth. Elisabeth ist sich zeitweise nicht ganz sicher, ob das Dylan oder Philipos in ihr ist. Es ist ihr im Augenblick egal.

Mittlerweile hat sich Gereon für seine Verhältnisse beeindruckend integriert. Die Erwartung auf Serienmörder zu stoßen, war zu pessimistisch. Mitinsassen seiner U-Haft-Zelle sind zwei sich im Äußeren und Inneren ähnelnde Brüder aus Thessaloniki um die 30 Jahre, Eli und Edi. Sie sitzen meistens wegen Serien-Diebstahldelikten, einmal war es versuchte Erpressung. Sie sitzen regelmäßig ein, haben aber auch eine Wohnung direkt in der Stadtmitte. Arnukovic, ein in Griechenland sesshaft gewordener Kroate, sitzt wegen eines Familiendelikts, wiederholte häusliche Gewalt. Seine Frau kann ihn zurzeit nicht besuchen, sie liegt stationär, nicht mehr intensiv, im Papageorgiou-Krankenhaus. Josef aus der griechischen Provinz muss eine Strafe wegen Totschlags absitzen. Er ist wegen Überfüllung der eigentlich vorgesehenen Gefängnisse seit zwei Jahren hier in einer U-Haft-Zelle untergebracht. Die fünf sitzen auf dem Boden und pokern seit Stunden. Es läuft gut für Gereon. Ein Päckchen Tabak hat er schon auf seiner Seite liegen. Streitpunkt und der Grund, weshalb Josef ihm gerade mit seinen kraftvollen Händen an der Gurgel hängt, er blutrot angelaufen ist, das Gefühl hat, sein Kehlkopf ist zerquetscht und keine Luft zu bekommen, ist das dazugehörige Zigarettenpapier. Gereon behauptet, das Zigarettenpapier sei Teil seines Gewinns, Josef sagt, das habe damit nichts zu tun, das Zigarettenpapier muss in einer Sonderrunde ausgespielt werden. Noch vor anderthalb Minuten hat Gereon die Auffassung vertreten: „Wenn ich um Zigaretten spiele, dann meint dies das komplette Produkt, genau genommen musst du mir die Zigaretten auch drehen, ich habe mich schon damit begnügt Tabak und Papier getrennt entgegenzunehmen." Keiner weiß, wie er momentan darüber denkt.

„Du kennst den Begriff, die Bedeutung des Wortes, aber du bist es nicht auf einer emotionalen Ebene, Rainer." „Was meinst du damit?" „`Entscheidungsfrei`. Du musst in diese Scheißdisco. Ich mache es, weil ich Lust darauf habe." „Hör mir auf mit dem Freiheitsgelaber, das hatten wir gestern erst. Wir kreieren uns heute noch ein paar schöne Momente, Robert, das ist alles." „Miteinander?" „Nein, entgegengesetzt." „Ich will heute einfach an dem Rausschmeißer-Arsch vorbeikommen, das ist mein Ziel." „Ehrgeizling. Ich gehe nur mal so in die Disco, just for fun."

Während des Frühstückens, schon mit dem Betreten des Raumes, beim Durschreiten der Lobby, im Fahrstuhl, überall genießen wir erhöhte Aufmerksamkeit. Wir sind jetzt Promis, in der Klassifizierung schwankend zwischen Y und Z. Anrüchige, halbseidene Touri-Promis. „Für mich gilt immer noch, egal ob in Deutschland, Griechenland oder der Türkei, wenn du nichts getan hast, passiert dir nichts. Oder müssen wir uns eine Strategie für heute Nachmittag zurechtlegen?“, frage ich. „Ich weiß nicht, sonderlich helle kamen mir die beiden Polizisten nicht vor“, meint Andi. „Okay, dann jogge ich jetzt durch den Park. Ich werde mich vital und dynamisch auf der Polizeistation präsentieren, wie ein Hauptkommissar kurz vor der Beförderung.“ „Ich ziehe meinen 100 Euro BH an. Meinst du, zu der kurzen Jeans passen meine halbhohen dunklen Schuhe?“, fragt Ivy. Am Nachmittag nehmen wir uns ein Taxi und fahren durch das Zentrum zur Polizeistation. „Der Mittagsschlaf macht mich jedes Mal hundemüde. Hoffentlich bekommen wir dort einen Kaffee angeboten“, predige ich auf dem Rücksitz zwischen Ivy und Rainer. Keiner antwortet. In einer schmalen Nebenstraße, die unser Taxi-Fahrer mit Schrittgeschwindigkeit passiert, sitzen Punks auf dem Bürgersteig. Sie sind schätzungsweise Mitte 20, drei Männer, eine Frau. Zwei sind fast kahl rasiert, einer hat seine Haare blau-grün eingefärbt, die Frau trägt einen roten Bürstenhaarschnitt. Alle drei tragen zerschlissene Jeans- und Lederklamotten und sind mit Nieten-Hals- und Armbändern, Metall-Ohr- und Nasenringen ausgestattet. Neben ihnen sitzt ein müde wirkender Schäferhund, unbekleidet. Eine Mütze für materielle Zuwendungen liegt am Boden. Die Punks sprechen einige Passanten direkt an. „Wie in Deutschland, Punks sehen überall gleich aus. Thessaloniki hat internationales Flair." „Bei den Punks bin ich mir nie sicher, ob sie betteln und aus Bedürftigkeit auf den Straßen sitzen oder ob es zu ihrer Überzeugung gehört", antworte ich Andi. „Viele Punks kommen aus gutbetuchtem Elternhaus." „In Griechenland auch?" „Den direkten Kontakt zur Straße, die Grundlagen der Existenz spüren, scheiß auf Konventionen, das macht Punksein aus", argumentiert Andi. „Ihre leicht beschränkte Auffassung von einem unangepassten, freien Leben imponiert mir. Punk werden ist ein Weg, der uns auch noch offensteht", fällt mir dazu ein. „Mit der Polizei haben sie es auch nicht so."

Die Gestaltung des Empfangsbereichs der Polizei-Hauptwache, mit den sich anschließenden Verwaltungsräumen und den dahinter gelegenen U-Haft-Zellen, reicht in Sachen Atmosphäre und Gastfreundlichkeit bei Weitem nicht an das Drei-Sterne City-Hotel heran. Kahle graue Wände, landesunübliche matt schwarz-graue Plastikstühle, ein quadratisch angelegtes Verhörzimmer. Ein langer brauner Holztisch lockert die Innengestaltung nicht auf, er versucht es nicht einmal. Am Ende des Zimmers, dem Fenster zugewandt, sitzt Ikaros auf einem blau-grauen Drehstuhl vor dem Schreibtisch, seine Hände liegen wartend auf der Tastatur des Computers, sie signalisieren Bereitschaft. Philipos hat am länglichen Ende des braunen Tisches Platz genommen, sein Hemd spannt und ist zugeknöpft bis auf den Halsknopf. Schwarze Haare ragen heraus. Er weist uns einen Platz zu. „Meine Damen und Herren, das ist doch die richtige Anrede für deutsche Urlauber, oder?“, beginnt er, mit seinem Fuß wippend. „Wir sitzen hier nicht, um die Fußballergebnisse der Champions League, die neuesten Bademoden an unserem Stadtstrand oder die Wetterlage in den nächsten Wochen zu diskutieren.“ Er räuspert sich kurz. „Wir erwarten nicht, dass ihr unseren Staatshaushalt saniert, das kann keiner, wir wissen nicht einmal, ob wir morgen noch in Euros bezahlen werden, aber ich hoffe für EUCH, dass ihr wisst, wo ihr hier seid. Auf einer griechischen Polizeistation und wir haben hier Acht-Bett-Zimmer für Querköpfe, für Leute, die irgendwie ein Problem mit meiner Autorität haben.“ Er räuspert sich wieder. Wir staunen. „Euer `Chauffeur` war heute Morgen leichenblass und hatte Striemen an seiner Kehle.“ Er zögert einen Moment. „Wundert mich, so ein netter Junge. Ikaros, gieß mir bitte einen Kaffee ein. Fakt ist, er hat über drei Kilo Marihuana bei sich gehabt. Das sind mindestens zwei Jahre ohne Bewährung nach unserer Gesetzgebung. Ich denke, so wie er aussieht, werden es drei, wenn er das Reden anfängt und sich

verteidigt, werden es vier. Das ist eine lange Zeit für jemanden, der schon am ersten Tag Integrationsprobleme hat." Er wippt mit seinem anderen Fuß. „ Wollt ihr etwas über den Lebensstandard eines Polizisten in Griechenland erfahren? Ihr wollt es nicht. Wir müssen auch keine Diskussionen über Wohlstand und Armut in eurem und unserem Land führen. Seit fünf Jahren lese ich nichts anderes in den Zeitungen." Er trinkt einen Schluck Kaffee. Wir schauen uns und ihn an. „Hier ist meine Karte, mit Privatadresse und Handynummer. Ihr holt heute Abend um 19.00Uhr das Gras ab und verkauft es binnen zweier Tage. Die Erlöse gehen zu hundert Prozent an Ikaros und mich. Wir kennen die Marktpreise. Im Gegenzug entlassen wir Ulbricht aus dem Gefängnis, sobald wir das Geld haben. Wir wandeln sein Delikt in Besitz und Handel mit einer geringfügigen Menge um." „Wir sollen das Marihuana verkaufen?" Andi glaubt es nicht. „Ikaros, wolltest du nicht Drogentests von den vier veranlassen? Ist unser Doc gerade hier?" „Wie weit ist es denn bis zu deiner Wohnung?", fragt Rainer. „Ich erwarte euch heute Abend." „Ich brauche meinen Koffer", sagt Andi. Philipos nimmt den Bus-Schlüssel aus einer Hülle und lässt ihn über den Tisch gleiten. Fuchsschwanz und Schlüssel kommen unmittelbar am Tischende vor Andi zum Liegen. Wir gehen das erste Stück zu Fuß in Richtung Hotel. Ivy wirft den Punks ein Zwei-Euro-Stück in den Becher. Sie nicken beiläufig.

21

Ikaros schaut Philipos an und schweigt. „Ist das richtig, was wir hier machen, Philipos?“ „Das weiß ich nicht genau, es ist eine Gelegenheit. Überlege mal, was wir in den letzten Jahren alles hinnehmen mussten.“ „Es kommt mir gewagt vor und könnte meiner Karriere schaden.“ „Deiner Karriere schaden? Wenn du Karriere machen willst, musst du Kontakte haben und sie pflegen, anders läuft das nicht. Schau mich an, ich war nie krank, habe meinen Dienst über Jahrzehnte gewissenhaft erledigt und bin immer noch ein Streifenbulle. Schau dir meine lädierte Schulter an. Ich spüre jede Bewegung. Hat sich das gelohnt?“ „Wahrscheinlich hast du Recht, außerdem kann ich mit dem dritten Kind jeden Euro gebrauchen.“ „Wie hat dir mein Auftritt als `böser Bulle` gefallen? Das war doch perfekt, oder? Einschüchterung, Machtdemonstration, Druckaus-übung, die nötige emotionale Distanz. Das wäre ein Lehrvideo par excellence in Sachen Verhörführung. Schade, dass ich meinen Auftritt nicht ins Netz stellen kann.“ Ikaros kratzt sich am Kopf. „Sei froh, dass keine Aufzeichnung existiert.“ Philipos öffnet sein

Smartphone und spielt die Verhörszene ab. „Damit haben sie nicht gerechnet, merkst du das? Siehst du, wie der Typ leicht das Gesicht verzieht, als ich mit dem Doc gedroht habe?“ Er deutet auf Rainer. „Die kiffen auf jeden Fall. Ich sage dir, die Sache läuft.“
„Die vier sind mir nicht unsympathisch“, sagt Ikaros. „Weißt du was? Ich fühle mich jetzt richtig gut. Ich gehe noch eine Runde mit Sandro spazieren. Heute Abend bekomme ich meine Lieblingsnudeln. Du musst die Dinge nur richtig lenken.“

Andi trägt seinen Koffer ins Hotel, geht auf sein Zimmer und zieht sich um. Ein angenehmes Gefühl, endlich die eigene, frische Kleidung zu tragen, das einzige einfarbige, nicht perfekt sitzende Hemd von Rainer loszuwerden. Er nimmt seinen Kulturbeutel aus dem Koffer und räumt ihn im Bad aus. Alles andere lässt er im Koffer liegen. Nach einer Grundsatzdiskussion und der darauffolgenden Abstimmung ist er auserwählt mit dem Bus zu Philipos zu fahren und das Marihuana abzuholen. Er hat noch fast zwei Stunden Zeit, schaltet den Fernseher an, legt sich aufs Bett, lässt CNN laufen ohne sonderlich auf die Bilder und den Inhalt zu achten.

Rainer läuft zurück zur Polizeistation. Die Bewegung bringt ihn leicht ins Schwitzen. Die Punks schauen ihn an, wie er aus der entgegengesetzten Richtung wieder an ihnen vorbeiläuft. Als Pazifist, in dem Fall um Frieden zu erhalten, öffnet er seinen Geldbeutel und wirft mit leichtem Drall 50 Cent in den Becher. Aufgrund der Abstimmung ist es sein Part, Gereon zu besuchen und ihm die Ereignisse darzulegen. Die neue Situation lässt den gestrigen Abend vollkommen verblassen. Obwohl er die Entwicklung der Dinge nicht schätzt, bringt die Fokussierung auf das Jetzt sein übliches Gedankenkarussell zum Stillstand. Relativ entspannt, ohne besondere Wünsche, ohne irgendein weiteres Verlangen läuft er durch die Straßen der Altstadt.

Ivy und ich sitzen vor einer Eisdiele. „Schöner Scheiß." „Gehen wir aufs Zimmer?" „Okay."

Sandro freut sich über die ungewohnte zweite Runde Auslauf im Park. Philipos auch. Er hört den Vögeln zu, schaut sich nach ihnen um, läuft langsam den Schatten spendenden Weg unter den Bäumen entlang. Die Selbstzweifel, die ihn nach einer Weile einholen und seine gehobene Stimmung trüben wollen, vertreibt er sich, indem er einen Tennisball in alle erdenklichen Richtungen wirft und ihn von Sandro zurückbringen lässt. Der herumrasende Pit Bull Terrier, die teilweise leicht schockierten Parkbesucher, die Aussicht auf Geld, das Schichtende - vor sich hin pfeifend läuft er seinen üblichen Rundweg, überlässt dann Sandro dem Zwinger in der Wache und fährt nach Hause.

Ikaros schaut aus dem Fenster und raucht. Er denkt über die Sätze seines Arbeitskollegen nach, fragt sich, woher er das Selbstbewusstsein nimmt. Kommt das mit dem Alter? Ist es Gleichgültigkeit? Blufft er oder macht er sich wirklich keine unnötigen Sorgen? Gedankenverloren schnippt er seinen Zigarettenstummel aus dem Fenster, sieht, wie Rainer die Treppen vor der Eingangstür hochläuft und drückt den Türöffner. Rainer, dem das Vereinszeichen von Thessalonikis Fußballclub an Ikaros' Schlüsselanhänger schon während des Verhörs im Hotel aufgefallen ist, macht ein paar Bemerkungen über sein mit Abstand zweitwichtigstes Lebensthema. Die beiden verstehen sich, gehen zum Du über. Nach einer kurzweiligen Diskussion, auch über den 13. olympischen Gott deutscher Herkunft, Otto Rehagel, kommt Rainer zur Sache. Ihm ist wieder eingefallen, dass er hier ist, um mit Gereon zu reden.

Andi steigt von seinem Hotelbett auf, uriniert, wäscht seine Hände und kämmt sich. Er registriert sein von der Sonne gebräuntes Gesicht, er registriert Falten, nicht nur auf der Stirn. Er gibt die Zieladresse in das GPS-System seines Smartphones ein, entscheidet sich gegen den Aufzug, gibt den Zimmerschlüssel an der Rezeption ab, taxiert die Situation auf Feindseligkeit, kann keine entdecken. Er steigt in Gereons Bus und biegt auf die Hauptstraße in Richtung nördlicher Außenbezirk ab. Das Navi führt ihn. Er muss nur lenken, Gas geben, schalten und gelegentlich bremsen. Er parkt vor der Garage und schreibt „bin da“ via SMS an Philipos, der gerade seinen Teller mit Nudelauflauf gefüllt hat und sich einen kurzen Augenblick verflucht, weil er 19Uhr ausgemacht hat. Sie laden schweigend das Gras um. Der Bulle legt einen Beutel zurück in die Grube und schließt sie.

„Wie ist es denn so im Gefängnis, Gereon?“, fragt Rainer, sich kümmernd. „Gut eingelebt?“ „Es ist ein Spiegelbild der Gesellschaft. In meiner Höhle habe ich mich besser gefühlt.“ „Hat es Probleme gegeben? Du siehst nicht gut aus und deine Stimme klingt verzerrt.“ „Die Menschen verlieren ihre Selbstachtung und neigen zu Aggressionen, wenn die Dinge nicht nach ihrem Willen laufen. Ich habe mich auf das Pokerspielen eingelassen, Tabak gewonnen und bin wegen des Zigarettenpapiers fast erwürgt worden.“ Rainer betrachtet den blutunterlaufenen Hals und diagnostiziert: „Quetschungen entlang des Kehlkopfs, nicht schlecht. Wir können dich hier rausholen.“ „Hier werde ich auf keinen Fall lange bleiben.“ „Wir müssen dein Marihuana verkaufen und den beiden Bullen das Geld geben. Wir haben zwei Tage Zeit.“ „Das klingt nach Erpressung, Korruption und einem schlechten Geschäft. Das lehne ich ab.“ „Was denkst du denn? Du wirst für Jahre ins Gefängnis gehen und dein Gras ist sowieso weg. Checkst du das nicht?“ „Wo sind meine Pflanzen?“ „Andi holt sie gerade.

Wir verkaufen sie an Stavros, haben wir uns überlegt." „Stavros ist ein vertrauenswürdiger, solventer Geschäftsmann und weiß wenigstens das Produkt zu schätzen. Ich möchte als rechtmäßiger Eigentümer die Hälfte der erzielten Einnahmen. Ich verabscheue Ungerechtigkei-ten." „Oh Mann. Brauchst du noch irgendetwas?", fragt Rainer, von der Hartnäckigkeit strapaziert. „Zigarettenpapier wäre hilfreich." „Nimm meins, es ist noch fast voll." „Danke", sagt der Althippie. Er zögert. „Danke, für alles." „Das ist ein Freak", sagt Rainer im Foyer unseres Hotels. Ich lege die Zeitung auf den Tisch. „Der Typ hat keine Ahnung, wie das Leben abläuft."

Andi reiht sich in das Verkehrschaos ein, drei Kilogramm Marihuana im Bus, das Navi auf City-Hotel programmiert. Er kurbelt die Scheibe herunter, riecht die Abgase, hört den Lärm der Motoren und kurbelt die Scheibe wieder hoch. Er dreht sich eine Zigarette, verflucht den Preis der Mobilität und gibt ein wenig Gras dazu. Schädlicher als die Luft draußen ist das auch nicht, geht ihm durch den Kopf. Und jeder will ein Auto haben und damit fahren… Er registriert die vielen verschiedenen Kennzeichen aus allen möglichen Ländern, die immer wieder neben den griechischen Nummernschildern auftauchen und ordnet sich zwischen zwei Bussen, einem Fahrradfahrer und der parallel laufenden Straßenbahn ein. Ein Taxifahrer hupt ihn an, während er einen Radiosender sucht und seine Kippe ausdrückt.

Leise, getragene Töne, am Jazz angelehnte Soulmusik, ein Saxophon. Wir sitzen in einer Clubmusik-Lounge auf den Jahresringen barhockerähnlicher Baumstämme und schauen auf den Strand. Weltvergessene, schläfrige Akkordfolgen, durch Harmonien schwankende Klaviernoten. Nichts hat eine Wichtigkeit oder größere Bedeutung, nichts ist von Dauer. Weißes, schäumendes Wasser, kleinere Wellen. Das Wasser plätschert am Ufer vor sich hin und glättet Steine. Es fließt den Sandstrand hoch, steht einen Moment still, um dann zurückzufließen. „Die Frau hat etwas Mythisches“, spricht Rainer aus, von seinem Getränk inspiriert. Durchlebte Enttäuschungen, wiederaufkeimende Hoffnungen liegen in den Gesichtszügen der dunkelhaarigen griechischen Bedienung. Nase, Augen, Wangenknochen, alle Details stimmen. Die braunen Augen wirken manchmal unnahbar, fast ausdruckslos, manchmal schwach schimmernd. „Ein bisschen verlebt, das gefällt mir“, romantisiert der Physiker und nimmt auch einen Schluck. „Ein taumelnder Stein, eine am Wendepunkt stehende Schönheit“, stimme ich ihm zu. „Das ist das Los der Frauen, die gut ausgesehen haben“, sagt Ivy. „Ich glaube, es gibt Frauen, die werden immer gut aussehen“, sage ich zu ihr. „Wer fährt morgen zu Stavros?“, beendet Rainer aufkeimende Altersdebatten. „Ich fahre mit, ich möchte hier nicht in Thessaloniki rumsitzen und Däumchen drehen." „Ich überlege es mir", sagt Ivy. „Wir können auch alle fahren", sagt Andi. „Gereon glaubt, er bekommt die Hälfte der Erlöse", erzählt Rainer. „Wenn du Jahre in einer Höhle lebst, verkalkst du auch", antwortet Ivy. „Wir sollten uns einen Anteil sichern, wir machen die ganze Arbeit. Eigentlich wollte ich einen Bekannten besuchen, der hier in der Nähe lebt, jetzt ist nicht mal sicher, ob das klappen wird." „Wen denn? Davon hast du nichts gesagt." „Santos, ein Grieche, kenne ich schon ewig, hat eine Kneipe in unserer Gegend gehabt, `Der fröhliche Schluck`. Mittlerweile führt er hier ein gutgehendes Speiselokal." „Was ist das für ein Typ?" „Lebensbejahend, Anfang fünfzig, hat in der Disco Sirtaki getanzt, egal welche Musik gelaufen ist, anstatt Scheiße immer Seiße gesagt, hat aktiv Fußball gespielt und meistens schon vor dem Spiel zum Regenerieren geduscht." „Und der lebt in Thessaloniki?" „Nein, auf Sithonia, die mittlere der drei Landzungen des Chalkidiki. Den Ort müsste ich nachschauen." „Da habe ich schon ein paarmal Urlaub gemacht", sagt Andi. „Zwei Inseln werden touristisch genutzt und eine wird nur von Mönchen bewohnt", ergänzt er. „Würde ich mir gerne anschauen, wie die Mönche dort leben. Rainer bestimmt auch", sagt Ivy. „Das sind keine Inseln, das sind Landzungen oder Finger", doziere ich. „Du darfst da als Tourist nicht hin. Ich habe Mönche und Klöster damals von einem Schiff aus fotografiert", antwortet Andi Ivy. Rainer, in zweifacher Hinsicht mystifiziert, redet nicht mehr. Seine Augen legen die Laufwege der Bedienung zurück. Ohne erkennbare Dissonanzen verbringen wir einen ruhigen Abend.

22

Am nächsten Morgen fühlt sich Ivy nicht wohl. Aus Gründen, die nur Frauen kennen oder vielleicht auch Männer, die sich einbilden in Frauenkörpern zu leben. Das kann ich nicht beurteilen. Jedenfalls möchte sie die Tour zu Stavros nicht mitmachen. Andi ist auch nicht mehr begeistert, wegen der langen Busfahrt, die vor uns liegt. „Fährst du?", fragt mich Rainer. „Ich setze mich auf die Beifahrerseite und kritisiere dich." „Ist der Stoff an Bord?" „Yep." Wir fahren auf der Autobahn wieder Richtung türkische Grenze und lassen empfangsbereite, griechische Radiosender laufen. "In *Blow* hat Johnny Depp alias Georg Jung schon in den Siebzigern vor seinem ersten Deal zu Pablo Escobar gesagt, `*Was Sie jetzt brauchen, sind Eier*`, lange bevor Oliver Kahn den Ausdruck salonfähig gemacht hat", erzählt Rainer. „Zu Pablo Escobar? Da gehört was dazu." „Eier." „Ist das Paul McCartney?" „Ja, ein Stück aus seinem letzten

Album." „Nicht schlecht, hat Drive." „Das ganze Album ist okay, ich habe es mir gekauft." „Von wann ist die Scheibe?" „2013. Das ist schon verrückt. Zwei begnadete Musiker und Komponisten. Der eine, John Lennon, wird 1980 von einem `tief religiösen` Vollpfosten, der auch berühmt werden will, erschossen und der andere, Paul McCartney, macht über 30 Jahre später immer noch Musik, die frisch und lebendig klingt." „Als Lennon erschossen wurde, war ich dreizehn und es hat mich ganz schön berührt. Vielleicht so, wie es Religion tun sollte", überlege ich laut. „`Berühmter als Jesus`, Alter, so unrecht hat er mit der Aussage nicht gehabt." „Musst du immer Alter zu mir sagen? Sind wir denn die größten Prolos?" „Wir sind am Puls der Zeit, Junge." „Alles klar, Alter. Ich habe damals alles gelesen, was dazu in irgendwelchen Zeitungen gedruckt wurde. Mit Lennons Tod war klar, dass es keine Reunion der Beatles mehr geben wird. Das war ein gefühlter Verlust, obwohl keine Wiedervereinigung geplant war." „Lost, Alter, lost." „Naive Gedanken eines Dreizehnjährigen. Aber das Schicksal von Rockmusikern geht mir immer nahe." „Das ist unsere Religion." „So ein kritischer Typ wie Lennon hätte zur heutigen Zeit sicherlich interessante Standpunkte." „Das mit Yoko Ono habe ich nie ganz verstanden." „Brenn mir doch mal Pauls CD." „Okay", antwortet Rainer und sagt leise, mehr zu sich: „Paul ist topfit und trägt mit über siebzig immer noch

Chucks." Wir hören weiter Radio. Ich fange an zu dösen, denke erst an irgendwelche Titten und Fußballfelder als Einschlafhilfe, dann ändern sich die Bilder. Ein in Weiß gekleideter Mann mit Nickelbrille spielt auf einem Klavier und singt dazu. Das Klavier steht auf dem flachen Dach eines Hochhauses. Zwei Kinder stehen unten und applaudieren. Ich fahre mit einem Aufzug, möchte auch auf das Dach, der Aufzug hält nicht an, in der letzten Etage fährt er einfach weiter, er steigt unaufhörlich. Alles löst sich auf, ich weiß nicht mehr, dass ich auf das Dach wollte… Das Zuschnappen der Bustür weckt mich. Wir stehen auf einem Parkplatz, Rainer war pinkeln und hat eine Zigarette geraucht. „Rainer, wo kommst denn DUBAI?"

Die Tankstelle sieht exakt aus wie vor zwei Tagen und steht exakt an der gleichen Stelle. Stavros sitzt gemütlich, wie ein Gast, in dem Café seiner Tankstelle. Seine Jet-Oil-Kappe sitzt tief, der Schirm hängt fast unter den Augen, seine Beine liegen auf einem zweiten Stuhl. Er kaut auf einem Holz-Zahnstocher, hat einen Mokka vor sich stehen, seine Hände liegen ruhig und verschränkt auf seinem 30-Liter-Bauch. ER hat den Laden im Griff. Es ist eine Menge los, durchreisende Urlauber, LKW-Fahrer, Pendler, das Mittagsgeschäft läuft. Seine Frau Dimitra und Tochter Alexandra klotzen ganz schön ran. „Rainer und Robert, wenn mich meine

Erinnerung nicht trügt? Willkommen, was verschafft mir die Ehre?" „Hallo Stavros, wir sind geschäftlich hier." „Geschäftlich? Setzt euch doch. Wollt ihr etwas trinken?" „Kaffee wäre nicht schlecht, danke." Er bestellt zwei Tassen Kaffee bei seiner Frau, wir erklären die Situation. „Verstehe ich das richtig, ihr wollt mir Gereons Gras verkaufen? Er sitzt im Gefängnis und die beiden Polizisten, die ihn verhaftet haben, sind korrupt?" „So ist es." „Klingt glaubwürdig. Dimitra, bring doch bitte den Ouzo und drei Gläser." „Stavros, danke, aber für mich nicht, wir haben nicht viel Zeit und müssen noch zurückfahren." „Für mich auch nicht, trotzdem danke." „Jungs, ihr habt Sinn für Humor, das schätze ich an euch, aber Stavros macht keine Geschäfte ohne Ouzo. Einen gewissen Rahmen sollte man schon einhalten. Wisst ihr, mein Körper ist nicht darauf ausgelegt, längere Phasen ohne Essen oder ohne Trinken auszukommen. Ich bin kein Neandertaler mit der Fähigkeit, Nahrungsmittel für Tage und Wochen im Körper zu speichern." Er gießt drei Ouzo ein.

Gereon sitzt in seiner Gefängniszelle und raucht. Die zweite Runde Poker ging auch an ihn. Genau genommen hat er jetzt zu viel Zigarettenpapier oder zu wenig Tabak, Ansichtssache. Josef, der Totschläger, raucht eine nach der anderen aus Gereons gewonnenem Tabak. Er lässt sich die Zigaretten von ihm drehen. Gereon dreht, raucht und leidet; dreht, leidet und raucht. Eli und Edi bedienen sich auch von seinem Gewinn, drehen die Zigaretten aber wenigstens selbst. Arnukovic ist Nichtraucher. Bei vorhandenem Aggressionspotential kann Nikotin hilfreich sein, hat ihm Gereon nahegelegt und einen Tritt in die Eier bekommen. Seit der Zeit hat Gereon das Reden aufgehört. Der Tabak hält ungefähr noch vier Stunden, hat er eben, drehend und rauchend, ausgerechnet, dann sollten wir wieder Karten spielen. Er kann nur rauchen, wenn er Tabak besitzt, keiner der drei würde ihm eine Zigarette geben. Edi und Eli haben gute Laune, weil sich Josef stumpfsinnig eine Zigarette nach der anderen von Gereon bauen lässt. Arnukovic schweigt, er bereut seine Aggressionen, den Tritt, er bereut, seine Frau so dermaßen verprügelt zu haben, er bereut, dass ihm so schnell alle Sicherungen durchbrennen, er fühlt sich momentan elend und schwach. Am liebsten würde er dem Hippie noch einen Tritt verpassen, um den Schmerz zu vergessen. Josef hat mehr als Magenschmerzen vom vielen Rauchen, Krämpfe ziehen durch sein Inneres. Trotzdem genießt er seine Macht und die Bewunderung von Eli und Edi. Er zieht das Ding durch, stoisch ignoriert er sein Bauchgefühl. Gereon spürt körperlich, dass Belehrungen nicht ankommen. Ich bin der Einzige, der hier denkt, ich bin der Einzige, der hier denken kann, denkt er.

Philipos hat eine Stunde früher das Arbeiten aufgehört, er feiert die Überstunde von gestern ab. Nach dem Mittagessen dreht er sich einen kleinen Joint in der Garage und ihn überkommen wieder die gleichen Gefühle wie am Tag zuvor. Nur Hunger hat er nicht. Leicht schwindelig legt er auf seiner Anlage eine U2- CD aus den Achtzigern auf, eine CD aus der Zeit, als er noch Jung-Bulle war. Ambitioniert, motiviert, ehrgeizig. *The Joshua Tree*. Damals hat ihn die Musik begeistert. *„Where the streets have no name"* ist unglaublich, denkt er sich, das Intro....schon ewig nicht mehr gehört. Er wendet sich Elisabeth zu, die nicht mehr ganz so überrascht ist wie am Tag zuvor. Zwanzig Minuten später tauchen Fragen in Elisabeth auf. Wer ist das in mir? Bono, Philipos oder The Edge? Sie bleiben unbeantwortet. „Elisabeth, weißt du, dass unser Seat mittlerweile 15 Jahre alt ist?", fragt Philipos, während die beiden eine Zigarette danach im Bett rauchen. „Ja, natürlich, wieso fragst du?", reagiert Elisabeth erstaunt und schaut auf seine immense, schwarz gekräuselte Brustbehaarung. „Ich spiele mit dem Gedanken ein neues Auto anzuschaffen, vielleicht von einem deutschen Hersteller, ein BMW würde mir gefallen." „Sag mal, Philipos, bist du vom Größenwahn erfasst worden? Der Seat fährt einwandfrei. Unser ganzes Land ist pleite, unsere Waschmaschine noch nicht abbezahlt, dein Gehalt wird nochmal gekürzt, was ist mit dir los?" „War nur so eine Idee." „Repariere erstmal das Licht im Kühlschrank, kauf eine kleine Birne. Seit einem halben Jahr sieht man nichts, wenn man ihn öffnet, mal abgesehen davon, dass nicht allzu viel darin zu sehen ist."

Andi und Ivy verbringen den größten Teil des Tages am Stadtstrand. Sie sonnen sich, liegen auf Handtüchern, Andi badet. Sie schmieren sich ein, reden, trinken griechischen Kaffee und Wasser. „Wieso lebst du alleine und nicht mit einer Frau zusammen, Andi?" „Ich bin Physiker, das wäre gegen alle gängigen Klischees, das kann ich doch nicht machen." „Für einen überzeugenden Physiker bist du in meinen Augen nicht weltfremd genug." „Ich habe es vergessen, mir eine Frau zu suchen, ich habe einfach nicht daran gedacht." „Und du hast Humor, außergewöhnlich, um mal beim Klischee zu bleiben." „Danke." „Hast du heute schon was vor?" Andi schaut Ivy desorientiert an. „War ein Witz, Andi. Wollen wir ein Glas Wein im Strandcafé trinken?" „Wieso nicht, ändern können wir jetzt an der Situation so oder so nichts." Sie laufen den gut besuchten Strand entlang, umgehen belegte Liegen, laufen unter aufgespannten Sonnenschirmen durch, an bereitliegenden Handtüchern vorbei. „Ich lasse die Menschen nicht so einfach nah an mich herankommen", greift Andi das Thema wieder auf. Ein griechischer Sonnyboy kassiert neuankommende Liegestuhlbenutzer ab. Die meisten mieten einen

Schirm dazu. „Ich bin nicht gerne allein“, antwortet Ivy und fragt weiter: „War das schon immer so?“ „Gute Frage, ich glaube, es ist mir im Laufe der Jahre immer klarer geworden. Ich habe mich damit arrangiert, allein zu sein.“ Sie gehen über einen Holzsteg, der direkt zu zwei Strandbars führt. Eine Bar versucht die andere durch Lautstärke zu überbieten. Kylie Minogue tritt gegen Iggy Pop an. Iggy Pop bekommt den Zuschlag.

„Was soll das genau heißen, Stavros, du nimmst von den drei Kilo eines und zahlst zehn Gramm gleich? Hast du nicht begriffen? Wir brauchen das Geld sofort.“ „Ich durchlebe momentan den finanziellen Engpass des ganzen Landes, ihr müsst Geduld aufbringen.“ Er reibt seinen Zeigefinger an der Nase entlang. „Ich bin pleite, Jungs. Aber in drei Tagen habe ich das Kilo verkauft und dann bekommt ihr euer Geld. Betrachtet die 100€ für zehn Gramm als Good-Will-Anzahlung. Meine Freunde, noch einen Schluck?“ „Nein, danke. Kannst du nicht die kompletten drei Kilo abnehmen?“ „Das ist mir zu viel, ich bin kein Dealer. Es ist ein Hobby von mir, ein angenehmer Zeitvertreib. Gemütlich plaudern, alte Bekannte wieder treffen, neue kennenlernen, zusammen einen durchziehen, das lenkt mich ab von dem ganzen Trouble an der Tankstelle hier, das tut mir gut.“ Rainer und ich beratschlagen uns kurz und willigen ein. „Schön, ihr wisst ein gutes Geschäft zu schätzen. Jetzt machen wir unseren Probe-Smoke, dann ist das Ganze besiegelt." „Stavros, du hast doch vor zwei Tagen mit Gereon das Gras probiert, du weißt doch, dass es okay ist." „Jungs, das verlangt die Etikette." Wir laufen zum Bus und parken hinter dem Tankstellenshop. Stavros rollt einen Joint und zieht ihn fast alleine durch. „So, und jetzt versuchen wir den Stoff aus dem nächsten Jutesack!" „Oh nein, ich möchte heim, wo auch immer das ist", jammert Rainer. „Schon gut. Stavros testet die Leute, mit denen er Geschäfte macht. Wir rauchen einen, wenn ihr wiederkommt." „Alles klar. Hier sind die Jutebeutel. Nimmst du sie oder soll Elisabeth kommen und sie ausladen. Ist das ihr Job?" Er denkt kurz nach. „Gib schon her." Ich nehme die 100 Euro entgegen. „Rainer, ich glaube, du bist mit dem Fahren dran."

Philipos und Ikaros sitzen in ihrer Stammkneipe und schauen ein einigermaßen belangloses Pokalspiel an. Olympiakos Piräus geht gerade 1:0 gegen AO Xanthi in Führung, nicht weiter überraschend. In Anbetracht des kommenden Reichtums spülen sie ihr Bier nicht wie gewöhnlich mit Ouzo, sondern mit Metaxa runter. Das schlägt ganz schön an. „Ikaros, wie soll ich meiner Frau erklären, dass wir bald mehr Geld haben werden?" „Sag ihr doch, du hast eine Bank überfallen." „Das glaubt sie mir nicht. Und falls doch - bei Elisabeths Gerechtigkeitssinn würde sie mich anzeigen.“ „Die Anzeige kannst du doch selbst bearbeiten.“ „Jetzt mal ernsthaft, wie machst du das?“ „Ich sage es meiner Frau nicht.“ „Du bist doch ein Poker-Face, Kleiner, du lernst.“ Ikaros hatte es seiner Frau schon erzählt, ein Drama. Zu den üblichen drei weinenden Kindern war noch eine heulende Frau hinzugekommen. Als Verbrecher hatte sie ihn bezeichnet, nicht wert der Vater ihrer Kinder zu sein. Aber er möchte dieses Problem nicht mit dem Groß-Ego Philipos teilen. Zumindest jetzt nicht. Er will ihm nicht sagen, dass er seiner Frau die Sache gebeichtet hat. Heute Morgen, als er beim Frühstück die ungefähre Summe genannt hat, war sie ein wenig versöhnlicher gestimmt gewesen.

„Grenzwertig, in dem Alter schon bei 100 Kilo angekommen zu sein. Die Glocken waren nicht schlecht, aber da könnte ich nicht ran.“ Ich fahre durch das schattenspendende Stück Pinienwald vor der Autobahnauffahrt. „Was meinst du, von wem sprichst du?“ „Stavros` Tochter. Ich schätze, sie ist fünfundzwanzig. Die ist mir einfach zu dick, unfuckable, Robert.“ „ Moralisch absolut integer, deine Ansicht. Aber sie macht einen gutmütigen Eindruck, irgendwie lebensfroh und nett.“ „Weißt du, was Johnny Depp, also ich meine Georg Jung, am meisten zugesetzt hat in seinem schillernden Leben?“ „Sag es mir, Rainer.“ „Seine zweite Frau, gespielt von Penelope Cruz. Äußerst attraktiv, erotisch, exotisch, verführerisch. Auf der anderen Seite ein zerstörender Charakter, süchtig, voller Hass auf sich selbst und andere, neiderfüllt, narzisstisch, hysterisch, mit dem Leben unzufrieden." „So ist Stavros' Tochter nicht, da wärst du schon in guten Händen, denke ich." „Das ist die Frage. Was zieht einen eigentlich an?" „Ich dachte, du suchst nur den schnellen Kick." „Ich weiß es nicht. Wir sollten mit den bekloppten Bullen reden und ihnen erklären, dass wir das Geld nicht so schnell bekommen können und erst ein Kilo verkauft haben." „Wir stressen uns ganz schön rein um den Althippie freizubekommen. Ist das nicht verdammt hilfsbereit?" Ich versuche einen Campingwagen zu überholen, komme nicht vorbei, halte eine Weile die gleiche Geschwindigkeit, ordne mich dann wieder rechts hinter ihm ein. „Die Cops können nicht erwarten, dass wir den ganzen Scheiß verkaufen. Sie könnten bei Andi und mir Cannabis im Körper nachweisen, okay, aber wer hat das nicht? Da passiert uns nicht viel. Gereon ist selbst schuld, wenn er so viel Gras mitnimmt." „Irgendwie haben wir es ihm auch eingebrockt. Ohne uns wäre er in der Türkei geblieben, wir haben es angeleiert." „Na und, das ist nicht unsere Schuld, jeder handelt eigenverantwortlich. Ich hasse Schuldzuweisungen und Schulddebatten, entweder gelingen Dinge oder sie gehen eben schief", argumentiert Rainer. „So einfach ist es nicht. Wenn wir Gereon nicht helfen, fühlen wir uns schuldig, wieder nicht frei." „Mach das Radio an, du Theoretiker.“ Ich lege unsere einzige Kassette ein. Dylan fängt wieder an: “*Once upon a time you dressed so fine, you threw the bums a dime in your prime, didn`t you?*” Es gab mal eine Zeit, da warst du schick gekleidet, in deinen besten Tagen hast du den Pennern einen Groschen hingeworfen, war es nicht so? „Zwei Zeilen aus einem Song, der mehr aussagt als manches Buch. Dylan hat tausende Songs geschrieben mit unglaublichen Texten. Ihm gehört der Literaturnobelpreis verliehen.“ „Kann schon sein, aber das ist momentan nicht unser größtes Problem, Junge.“ „Stavros` Tochter auch nicht, und die haben wir AUCH thematisiert, Alter.“ „Das ist etwas anderes, das kapierst du nicht, da geht´s um Frauen! Und nenn mich nicht immer Alter.“ „Sorry, mea culpa.“

Das Graugrün der Wände weckt heimische Gefühle. Trotz der Anfeindungen mag der Mann, um den sich alles dreht, schlichte, karg gestaltete Wohnräume. Die Ähnlichkeit zu seinen vergangenen Lebensgewohnheiten wird Gereon immer bewusster. Heute Morgen nach dem Waschen - kaltes Wasser, keine Seife, kein Handtuch - hat er sich gut gefühlt, fast wie in seiner Höhle. Das spartanische Essen, die mangelnde Hygiene erschüttern sein Wohlbefinden nicht. Leider betrifft das nur die Vormittage. Nachmittags, wenn auf einem kleinen Fernseher dämliche Quizshows mit ständigen Werbeunterbrechungen und noch dämlichere Talkshows laufen, ändert sich seine Stimmung. Die Geschichten von Edi und Eli regen ihn auf, die Heldentaten, wie sie bei ihrem letzten Coup vor den Bullen abgehauen sind, wie sie die Bullen hinters Licht geführt haben… Den beiden ist scheinbar nicht klar, dass sie seit Jahren im Gefängnis sitzen. Stundenlang glotzen seine momentanen Lebensabschnittsgefährten stumpf und abwesend auf den kleinen Fernseher. Dann beginnt das Unwohlsein, regelmäßig kommen am Abend Fluchtgedanken auf. Seit er die dritte Partie Poker für sich entschieden hat, ist das Interesse am Kartenspielen gesunken. Nicht von seiner Seite. Seine vier Mitinsassen können sich nicht verstellen, können nicht pokern. Das Augenlid des Totschlägers Josef zuckt, wenn er ein gutes Blatt hat. Edi und Eli spielen so grottenschlecht, dass sie auch eine gute Karte nicht ausreizen können. Arnukovic schaut deprimiert, misstrauisch, manchmal fast tief enttäuscht, wenn er ein schlechtes Blatt in seinen Händen hält. Heute Morgen, als sie nach dem rituellen Durchzählen in die Zelle zurückgekommen sind, lag ein neuer Häftling auf der letzten freien Pritsche. Er hat keine Miene verzogen und niemanden beachtet. Ein Pokerspieler, war Gereons erster Gedanke. Er integriert sich so wie ich, sein zweiter. Auf dem kleinen Namensschild am Metallgehäuse der Pritsche steht: Antonius Rodriguez.

Elisabeth hört Keith Richards` Anfangsakkorde von *Gimme Shelter* und spürt Philipos, oder umgekehrt. Es klingelt. Elisabeth öffnet sich, Philipos die Tür. „Was soll das denn jetzt, was wollt ihr beiden?“ „Wir müssen mit dir reden.“ „Ich habe zu tun. Nicht hier.“ „Es ist dienstlich. Nur fünf Minuten.“ „Was heißt dienstlich? Ich habe Feierabend.“ Philipos gestikuliert, deutet Richtung Wohnzimmer, signalisiert, nicht jetzt, meine Frau… „Wir brauchen einen Schuldenschnitt, eine Art Hilfspaket“, sagt Rainer, wahrscheinlich hat er Zeitung gelesen. „Seid ihr besoffen?“ „Wir können das Gras nicht so schnell verkaufen, wir haben keine Kontakte.“ Philipos schließt seinen Hosenstall, steckt sein Unterhemd bündig in die Hose, zündet sich eine Zigarette an und hält uns die Packung hin. „Wir müssen das Geschäft in den nächsten Tagen abschließen. Wenn der Hippie länger im Gefängnis bleibt, kommen Nachfragen und Probleme auf uns zu.“ „Wir brauchen eine Lösung, die für alle Beteiligten okay ist, eine klassische Win-Win-Situation“, antworte ich. „Ich muss nachdenken. Wir treffen uns morgen und suchen eine Lösung.“ „Wird das ein Meeting?“, frage ich ihn. „Wieso habe ich immer das Gefühl, ihr wollt mich verarschen. Vielleicht stimmt das Bild des arroganten Deutschen doch, das wir seit Jahren von unseren Medien vorgesetzt bekommen. Wir sehen uns morgen.“ Er zieht Notizblock und Kugelschreiber aus der hinteren Hosentasche, schreibt eine Adresse auf, drückt mir den Zettel in die Hand und schließt die Tür. „Haben wir den beim Sex unterbrochen?“, fragt Rainer.

Ältere Männer sitzen auf einfachen, ungepolsterten Stühlen. Sie trinken Mokka, dazu Wasser, rauchen, spielen an einem Tisch Backgammon, an einem anderen Würfelspiele. Ikaros zieht wie der Marlboro-Cowboy zu Lebzeiten an seiner Zigarette, nur ohne Hut und Pferd. Philipos hat einen Kaffee vor sich stehen. Konturen seiner Brustbehaarung schimmern durch das weiße Hemd. „Zwei Kilo müsst ihr verkaufen, eins übernehmen wir. In drei Tagen schließen wir das Geschäft ab.“ Ikaros hört die Idee seines Kollegen zum ersten Mal und fühlt sich übergangen. Keine Alleingänge, sagt er immer, und was macht er? „Wir haben weder Kontakte noch sind wir Dealer, an wen sollen wir das Marihuana verkaufen?“, fragt Andi. Zu sechst sitzen wir um einen kleinen, runden Plastiktisch in der freien Ecke einer schlichten Pinte, die in den Nachmittagsstunden schon gut besucht ist. „Ich glaube, wir sind euch weit genug entgegengekommen“, antwortet Philipos und nippt an seinem Kaffee, „das ist eure Sache.“ Ikaros drückt die Zigarette aus. „Wieso verkauft ihr das Gras nicht auf dem Rockkonzert morgen?“, schlägt er vor. Seine Gesichtszüge entspannen sich, die Idee gefällt ihm und hat ihn in den Mittelpunkt gerückt. Fordernd schaut er zu Philipos, sucht für den Vorschlag Anerkennung in dessen Augen und findet nichts.

Philipos fühlt sich überrascht und übergangen. „In Athen beginnt morgen ein Rock Festival, habt ihr die Plakate nicht gesehen? Die hängen auch in Thessaloniki“, redet Ikaros weiter. „Wer spielt denn?“, frage ich. „Was ist das für eine blöde Frage“, regt sich Philipos auf, „ihr sollt das beschissene Gras für uns verkaufen. Es ist doch egal, wer dort spielt.“ „Headliner sind Uriah Heep, Iron Maiden, Black Sabbath, Van Halen“, antwortet Ikaros. „Hoffentlich kommen da auch junge Leute“, überlegt Rainer hörbar. Ein Rockkonzert zu besuchen hat mit `Urlaub machen` zu tun, denke ich mir. „Iron Maiden, Black Sabbath, das ist Heavy Metall, das ist nicht so meins“, erklärt Andi. „Es treten auch griechische New-Comer-Bands auf, Indie-Bands, Reggea, Hip Hop… Das wird ein großes Fest über drei Tage“, sagt Ikaros. „Heavy Metal ist mir zu laut, schon fast Krach“, erklärt Ivy, „ich weiß überhaupt nicht, was das Ganze soll.“ Philipos steht auf und geht.

23

Am Morgen zahlen wir nach dem Frühstück unsere Hotelrechnung und buchen uns für den darauffolgenden Tag wieder ein. Es ist der erste Septembermorgen, die Saison läuft noch, aber ausgebucht ist das Hotel nicht mehr. Nachdem die

Polizei nicht wieder aufgetaucht ist, hat sich die Lage normalisiert. Das Personal tritt uns mit der nicht immer selbstverständlichen Freundlichkeit gegenüber, die man als Gast zu schätzen weiß. Es muss nichts Besonderes sein, nur das Gefühl, nicht auf die Nerven zu gehen oder auf direkte Antipathie zu stoßen. Auf der anderen Seite ist eine echte Abneigung besser als geheuchelte Sympathie… Egal. Wir hätten auch die Möglichkeit gehabt, nach unserer Rückkehr aus Athen spontan ein anderes Hotel zu suchen, aber einfacher und bequemer ist es, hier zu bleiben. Wir packen unsere Koffer, laufen über einfache und bequeme Wege auf den Bus zu, den wir direkt vor dem Hoteleingang geparkt haben. Trübes Wetter, ein von Wolken verdunkelter Himmel, der erste trübe Tag unseres Erholungsurlaubs. Ivy fährt vom Parkplatz auf die verkehrsreiche Straße, dann den Autobahnhinweisschildern folgend aus der Stadt hinaus. „Sind die Drogen an Bord?“ „Yep.“ Ein ungewohntes Gefühl, eigentlich komplett, aber irgendwie doch nicht vollständig ohne den qualmenden Althippie in der dritten Reihe. Regen fällt auf die Straße, auf den Bus, auf Thessaloniki. Die Scheibenwischer setzen sich nicht in Bewegung. Ivy fährt rechts ran, Andi steigt aus. Sie hängen an der Scheibe fest. Andi hebt sie an und setzt sie wieder in die Ausgangsposition zurück. Es funktioniert. Die Scheibenwischer fangen an zu arbeiten. Anfänglich quietschend bewegen sie sich in Gereons Tempo.

Irgendwie ist er doch da. „Die verschmieren alles“, fällt Rainer auf, „und schaffen nicht mal diesen leichten Nieselregen, die Scheibe wird nicht klar.“ „Es ist ein Anfang.“ „Es ist die schnellste Stufe“, sagt Ivy. „Schon komisch, dass Gereon im Knast sitzt. Er wollte doch nur die Oberfläche der Erde nachhaltig nutzen und freien Handel betreiben.“ „Komisch ist, dass wir freien Handel im Auftrag zweier korrupter Bullen betreiben, der uns in den Knast bringen kann.“ Der Regen wird stärker, Wind kommt vom Meer auf. Der Scheibenwischer ist nah an der Arbeitsverweigerung. „Wenn die Dinger funktionieren würden, könnte ich das Wetter genießen, endlich ist es einmal nicht so heiß“, wirft Ivy in die Runde. „Ich möchte nicht in einem Land leben, in dem sich das Wetter nie ändert“, fällt mir ein. „Meinst du, es würde etwas bringen, wenn wir neue Wischerblätter an einer Tankstelle kaufen?“, fragt Ivy. „Sicher“, antwortet Andi technisch beschlagen. „Mir reicht die Sicht, es ist mir egal, was da draußen abläuft.“ „Robert, du wirst ja langsam depri“, sagt Rainer. „Ich glaube, das sind die Wechseljahre, nichts begeistert mich wirklich, nichts enttäuscht mich großartig.“ Ivy grinst.

Nach dem zweiten Versuch, an einer Tankstelle Wischerblätter zu kaufen, gibt Andi seine Bemühungen auf. Er steigt in den Bus und legt sich in die hintere Reihe. „Was ist das für ein Service an den

Tankstellen? Du kannst antiquierte Produkte wie Musikkassetten kaufen, aber Wischerblätter für einen alten VW-Bus führen sie nicht mehr in ihrem Sortiment." Wie einst der Althippie rollt er sich einen Joint. Ein Meter neunzig liegen gestaucht auf dem Rücken und betrachten die schwarz-weiß karierte Decke. Rainer geht in den Shop der Tankstelle und kommt mit einer Kassette zurück. Guns`n`Roses, *`Appetite for Destruction`*. „Nichts gegen Dylan, aber man kann nicht immer das Gleiche hören", sagt er. In der Ferne sehen wir ab und zu Blitze durch die beschlagene, regennasse Scheibe. *She`s got eyes of the bluest skies.* Ich biete Ivy an zu fahren, sie lehnt ab. Rainer sitzt in der zweiten Reihe, schaut aus dem Seitenfenster, manchmal auch auf seine Tattoos. *As if they thought of rain.* Für unsere Verhältnisse sind wir verdammt früh aufgestanden. *I hate to look into those eyes and see an ounce of pain.* Es sind rund 500 Kilometer von Thessaloniki nach Athen. Der Regen lässt nach, der Song läuft weiter. Der neue Althippie döst mittlerweile hinten im Bus. Umrisse zerklüfteter, felsiger Bergketten tauchen vor unseren Augen auf, karge Sträucher verlaufen neben der Straße. Das Wetter schlägt um, es wird wieder ein heißer, strahlender Tag. Motorisierte Monotonie, Luftspiegelungen, Asphalt. Nach einer Mautstation tausche ich mit Ivy die Position, die Sitzposition. Sie schläft ein. Ohne mir großartig Gedanken zu machen, gelassen, fahre ich in einer Kurve fast auf vor mir stehende Autos. Ein nicht vorhersehbarer Stau. Die *Rocket Queen* wird kurz wach, bemängelt die ruckartigen Bewegungen an der falschen Stelle und schläft weiter. Stehende Fahrzeuge ohne erkennbaren Grund, kein absehbares Ende, das Nichtvorwärtskommen deprimiert mich. Ich brauche einen Kaffee oder Unterhaltung, und wenn es nur ein Monolog ist. „Rainer, ich war schon vor 25 Jahren in Athen, als ich noch jung, pubertierend und weltoffen war." „Eine Kulturreise nehme ich an." „Nicht ganz. Wir waren zu viert, vier Freunde, haben an einem Campingplatz übernachtet und ein wenig gefeiert. Wir wollten am nächsten Tag mit einer Fähre auf die Insel Naxos übersetzen und von dort aus weiter auf Mykonos, die Partyinsel." „Ach so." „Wir waren am Abend in der Stadt unterwegs und haben irgendwann eine Disco besucht. Es muss ein ziemlicher Nobelschuppen gewesen sein, neben der Tanzfläche gab es einen Swimming-Pool. Mein Kumpel Righty lief barfuß durch das Nichtschwimmerbecken in seiner langen 501 Levis Jeans und dann um den Beckenrand, um sich ein bisschen zu präsentieren. Dann hat er Cocktails geholt, man trinkt kein Bier in so einem Nobelschuppen, das verbietet die Etikette… Auf dem Weg von der Bar zurück ist er in eine Glasscherbe getreten. Das hat geblutet ohne Ende. Er hat einen Schluck von seinem Drink genommen und mir meinen gegeben. In den Pool konnte er so auf keinen Fall gehen, die Haie…" „Versteht sich", wirft

Rainer fachmännisch nickend ein. „Es war eine richtige offene Wunde. Zwei Servicekräfte haben sich um ihn gekümmert, Pflaster und Verband angelegt, aber es hat nichts genutzt, die Blutung war zu stark. Wir mussten in ein Krankenhaus oder zu einem Arzt. Eine der beiden Bedienungen hat uns einen Arzt empfohlen, der nur eine Straße weiter praktizierte." Rainer atmet hörbar aus. „Wir sind da hingelaufen, haben Righty gestützt, er konnte nicht auftreten. Nach dem Klingeln am Tor mussten wir eine Außentreppe hochgehen, um die Eingangstür zu erreichen. Nicht so einfach für den stark blutenden, ständig motzenden Righty, in seiner chlorwassergetränkten, blutigen Jeans, mit seinem alkoholbedingten Seegang, mit seiner einge-schränkten Wahrnehmung. Nicht so einfach für uns alle. Konzentriert habe ich ihn auf der Treppe mitgestützt - er hat immer den Kopf gedreht und seiner Blutspur hinterhergeschaut - und in meiner freien Hand den Cocktail nach oben transportiert ohne etwas zu verschütten. Der Arzt stand an der Türschwelle, schaute uns kopfschüttelnd zu, erkannte uns sofort als deutsche Touristen. „Was ist denn hier los?", begrüßte er uns. „Das sieht ja schlimm aus!" „Good evening, doctor, I´m a policeman from Germany", stellte sich Righty vor. Er redete sehr laut, stand an der Türschwelle und wurde von uns gestützt. Sein Gesichtsausdruck war gezeichnet von Schmerz und Suff, aus seiner Jeans tropfte Blut und Chlorwasser. Wortlos nahm der Arzt mein

Cocktailglas und goss den Drink in den Ausguss eines Waschbeckens. Der ganze Balanceakt war umsonst gewesen und es gab nichts mehr zu trinken. Der Doc führte uns in sein Behandlungszimmer, Righty legte sich auf das Behandlungsbett. Der Arzt erzählte beiläufig, dass er wegen des Klimas, aber hauptsächlich, weil er das Land so liebt, vor acht Jahren seine Praxis in München aufgegeben hat und seit der Zeit in Athen lebt und arbeitet. Er begann die Wunde zu säubern, entfernte kleinere Splitter, fing an zu nähen. Die Prozedur zog sich eine Weile hin, es waren bestimmt fünf Stiche, eine kleine OP. Der Arzt war für die Uhrzeit guter Dinge, erzählte weiter, fragte uns, was wir so machen wollen in der Zukunft, und so weiter. „Doctor, I`m injured, I`m injured", informierte Righty ihn zwischendurch, seinen Fuß betrachtend. „Was hast du denn für Hobbies?" „I´m very good at playing football." Nach dem Nähen hat mich der Doc als Assistenzarzt eingesetzt. Er drückte mir eine Schere in die Hand, um zwei Fäden abzuschneiden. Meiner Verantwortung bewusst habe ich mich den Fäden mit der Schere langsam genähert und sie beim Abschneiden zweimal verfehlt. Kommentarlos hat der Arzt die Schere weitergereicht. Ohne es auszusprechen hatte er mir gekündigt. „I have an insurance about my company, the police, this is no problem", kooperierte Righty ungefragt. Irgendwann hat er seinen Fuß angeschaut, die Wunde betrachtet und der hilfsbereite, kommunikative

`Policeman from Germany` verwandelte sich in den tragischen Helden einer griechischen Tragödie. Egal was der Arzt wissen wollte oder erzählte, Righty sagte nur noch zwei Worte, an sich selbst gerichtet. Er wiederholte sie wieder und wieder, jammernd und emotional: Why I? Why I?

Der Song *Rocket Queen* liegt in den letzten Zügen. Abmildernde Worte am Ende des Albums, vorgetragen von Mr. Axel Rose. Er singt von Freundschaft und einer Schulter zum Anlehnen. "Hat was, die Geschichte. Die deutschen Polizisten sind also auch mehrsprachig ausgebildet." "Ich denke, es ist ein gutes Gefühl, wenn man sein Können einsetzen kann. Am nächsten Tag hat sich Righty mit dem Arzt auf Deutsch einigen können, als er zur offiziellen Aufnahme der Personalien und Kontrolluntersuchung wieder in die Praxis musste.“

„Du arbeitest in der Import/Export-Branche? Wie meinst du das?“ „Ich agiere über Landesgrenzen hinweg, möchte ich damit sagen, uneingeschränkt, free trade im wahrsten Sinne des Wortes.“ Gereon sitzt auf Antonius` Pritsche und hört ihm zu. Bis jetzt hat Antonius ausschließlich mit ihm geredet, die anderen scheinen ihn nicht zu interessieren. Ungewohnt für Gereon, normalerweise wird hier mit ihm nicht geredet. „Weshalb bist du hier?“ „Man wirft mir vor, gegen das Gesetz verstoßen zu haben. Ich wurde in den Morgenstunden aus dem Bett geklingelt und verhaftet. Ich habe schon Kontakt zu meinem Anwalt aufgenommen.“ Antonius läuft an das kleine, versiffte Waschbecken, betätigt den Wasserhahn und glättet sein perfekt nach hinten gestyltes, dunkles Haar. Ohne auch nur einen Blick auf seine Mitinsassen zu verschwenden, läuft er wieder zu seiner Pritsche zurück. „Waffen und Drogen“, antwortet er. „Woher kommst du?“, fragt ihn der Hippie. „Ich bin Grieche spanischer Abstammung, in zweiter Generation in diesem Land, mit dem es für jeden sichtbar zunehmend bergab geht. Die Gefängnisse sind vollkommen überbelegt, ICH bekomme keine Einzelzelle und muss mich mit diesen Nichtskönnern hier auseinandersetzen. Weshalb bist du hier?“ „Ich habe nichts verbrochen. Ich lag in meinem Bus in einem vormeditativen Zustand und wurde verhaftet“, sagt Gereon. „Du sitzt wegen Cannabis hier. Ich seh`s dir an und mehr traue ich dir nicht zu.“ „Ich habe nichts verbrochen. Ich orientiere mich nicht am allgemein gültigen Wertesystem. Ich verfolge andere Lebens-ziele.“ „Andere Lebensziele, wie meinst du das? Bist du gläubig?“ „Ich bin gläubiger Atheist. Wenn man den Atheismus richtig praktiziert, muss man an das Nicht-Glauben auch glauben.“ „Schon gut.“ Eine Weile herrscht Stille. Arnukovic beobachtet die beiden. Der Neue ist schmierig, aalglatt und undurchschaubar in seinen Augen. Das sonnengebräunte, zufrieden wirkende Gesicht… Keiner hat bisher hier am

Waschbecken sein Haar befeuchtet. Eli und Edi schauen fern, eine Art griechisches Glücksrad. Josef der Totschläger beginnt auf Arnukovic einzureden, obwohl er das Arschloch nicht ausstehen kann. Die sich anbahnende Allianz zwischen dem Hippie und dem Neuen passt ihm nicht. Er will einen Verbündeten haben, wer weiß, wozu es gut sein kann. Gereon spürt etwas Geist in der Zelle, fragt Antonius nach einer Partie Poker. „Ich pokere mit dir, aber ich brauche einen Anreiz, einen Einsatz." „Wir haben bisher immer um Tabak gespielt." „Hast du nicht gesagt, du besitzt einen VW-Bus? Wie wäre es damit als Einsatz?"

Philipos und Ikaros sitzen erschöpft am Schreibtisch und schauen auf die Monitore ihrer PCs. Ikaros war als Sicherungsposten am Nachmittag auf der Demonstration *pro Europa* im Einsatz. Philipos musste zur gleichen Zeit trotz Schulterschmerzen die Gegendemo der Euro-Gegner bewachen, die weniger friedlich verlief. Er hat sich in die hintere Reihe gestellt und seinen Schlagstock steckenlassen. Jetzt betrachtet er die aktualisierte Gästeliste, die Verhaftungen der letzten Nacht. Neben den Schulterschmerzen fühlt er sich immer noch leicht verkatert. Gestern Abend hat er Elisabeth von seiner Tante erzählt, die gestorben ist und ihnen eine größere Summe vererbt hat. Elisabeth ist stinksauer geworden, weil er die Tante ihr gegenüber nie erwähnt hat. Daraufhin ist er in die Garage gegangen, hat sich einen Joint gerollt und zu viel erwischt. Ihm wurde schlecht. Zu viele Gedanken auf einmal, Schwindel, zu viele unbrauchbare Gedanken auf einmal - dreidimensional und schwer kontrollierbar. Sex mit Elisabeth zum Runterkommen war wegen der angespannten Situation undenkbar. Sie wollte nicht. Nach dem dritten Bier wurde sein Zustand erträglich, dann trank er weiter. Heute fühlt er sich ziemlich erschlagen. Wieso müssen Frauen die Dinge immer verkomplizieren? Anstatt sich über einen anstehenden Geldregen zu freuen, Beschimpfungen und Ärger. Er hatte sich alles perfekt zurechtgelegt gehabt, eine glaubwürdige Erklärung konstruiert. Er erzählte ihr von der ungeliebten Tante irgendwo im Hinterland von Athen, mit allen Familienmitgliedern verkracht, nie einen Mann abgekriegt, rechthaberisch, Kettenraucherin, Alkoholprobleme, aufgeschwemmt. Mit den Nachbarn hatte sie auch ständig Streit, geizig war sie, keiner wollte mit ihr etwas zu tun haben, keiner hat sie zu sich eingeladen. Um die Glaubwürdigkeit zu unterstreichen hat er die Dinge ausgeschmückt. Überall musste sie rauchen früher, in allen Räumen, oft im Kinderzimmer, wir waren noch klein… Wenn sie nicht geraucht hat, dann hat sie gegessen. Sämtliche Kuchensorten, Unmengen von Torten, immer nur Süßigkeiten in sich hineingestopft und das Ganze mit Likör runtergespült. Jetzt ist sie tot und eine Erbschaft steht an. Und was passiert?

Elisabeth fällt nichts anderes ein, als ihm Vorwürfe zu machen. Obwohl seine Geschichte nichts mit der Wahrheit zu tun hat, kränkt ihn das Verhalten seiner Frau. Er fühlt sich im Recht. Wer ist da verhaftet worden, Antonius Rodriguez? Interessant. Waffen oder Drogen, denkt er und vergewissert sich. Waffenschiebereien. Er gießt zwei Tassen Kaffee ein, schiebt eine zu Ikaros, der sich gerade durch den Sportteil seiner Tageszeitung arbeitet. „Ich gehe mit Sandro eine Runde in den Park.“

Sandro gibt das Tempo vor, Philipos lässt sich lustlos treiben. Sandro gibt auch die Richtung vor. Sie laufen über die Straße in den Park, lange Zeit einfach geradeaus, auf einem mit Kieselsteinen aufgeschütteten Weg. Sie kommen an einem Rondell vorbei. In der Mitte des Platzes sprudelt ein künstlich bewässerter Brunnen. Sie passieren die dort aufgestellten Bänke und laufen weiter auf einem abzweigenden Weg. Ein Pfad, entstanden durch ständiges Benutzen, von den Stadtplanern nicht vorgesehen. Sandro hat die gleiche Route eingeschlagen, die Philipos vorgibt, wenn er Führungsambitionen hat. Sie landen direkt auf der großen Rasenfläche. Philipos nutzt sie normalerweise und wirft Bälle oder Stöcke. Heute passiert nichts. Sandro wartet auf Ereignisse, die nicht eintreten. Er läuft um seinen Boss herum, sabbert und nestelt mit seiner Zunge am Hosenbein. Philipos registriert das nicht wirklich, er hat sich zu sehr in den Verzweigungen seiner Aktion verbissen. Ohne die Gehaltskürzungen, die Vetternwirtschaft im Land, das Immer-Reicher-Werden der Superreichen, das Ungeliebt-Sein als Polizist in der eigenen Bevölkerung wäre es mir niemals eingefallen, diesem Hippie das Gras abzunehmen, um auf diese Art an Geld zu kommen. Das Land geht vor die Hunde. Er schaut auf Sandro, der gerade sein Business mitten auf dem Rasen abwickelt. Unter der linken Regierung ist bisher alles noch chaotischer geworden. Eigentlich hat sie von Anfang an keine Chance gehabt. Die Sparauflagen der EU haben unsere Lebenssituation verschlechtert, über fünf Jahre hinweg. Wohin ist denn das Geld aus den Krediten geflossen? Ich habe keins gesehen. Jetzt soll es einen neuen Kredit geben. Wieder neue Schulden, die kein Mensch abbezahlen kann. Jeder weiß das. Ein Schwachsinn. Wieder Gehaltskürzungen. Scheiß auf den BMW, ich ziehe mit Elisabeth aufs Land. Wieso fühlen Frauen sich immer schnell gekränkt und zurückgesetzt? Jetzt muss ich auch noch ein Kilo Marihuana verkaufen, Ikaros wird dabei keine große Hilfe sein. Mann, ist der Köter nervös. Er nimmt einen herumliegenden Zweig und wirft ihn. Wie viele junge Leute hier schon nachmittags Zeit zum Entspannen haben? Wenigstens habe ich einen Job. Und mein Sohn auch. Elisabeth wird sich wieder beruhigen und ich versuche das Gras an Antonius Rodriguez zu verkaufen. Philipos steckt sein Hemd passgenau in die Hose, rückt die Mütze zurecht und zündet sich eine Zigarette an. Er wirft den Ast in eine andere Richtung. Sandro erledigt seinen Job mit dem positiven Gefühl erfüllender Tätigkeit. Auf dem Rückweg gibt Philipos Tempo und Richtung vor, Sandro folgt.

Räusche, Erfolgserlebnisse, Niederlagen, alles nebensächlich im heißen, sonnendurchdrungenen Innenraum des VW-Busses. Wir steuern auf Athen zu. Andi hat das Fahren übernommen. Eine Flasche Wasser in der Hand fängt er an zu motzen. Zu viele Autos, zu zähfließend der Verkehr, zu heiß der Fahrersitz, zu blau der Himmel, zu schlecht die Straßen, zu viele Maut-Stationen, zu wenig Abwechslung im Landschaftsbild, zu doof der Busfahrer vor uns. Er fährt auf einen Parkplatz. Leute stehen vor einem Imbiss-Stand Schlange. Ein Mann mittleren Alters, Ärger und Zorn im Gesichtsausdruck, verkauft Gyros in einer Pastete mit einem Schlag Zaziki. Seine Frau bereitet es zu. Eine Rockergruppe - Cowboys der Moderne - steht um einen kleinen Drehtisch. Sie trinken Dosenbier zum Gyros und betrachten ihre Motorräder. Wahrscheinlich sind sie auch auf dem Weg zum Festival. "Vielleicht sollten wir ihnen das Gras anbieten?", schlägt Rainer vor. Der faltige Typ hinter dem Tresen kassiert mich irgendwann ab. Ich habe das Gefühl, ihn mit dem

Geld zu bestrafen. „Zu riskant“, sage ich, „wir verkaufen das Gras lieber an Teenies.“ „Idiot“, sagt Ivy. „War ein Witz, Ivy-Täubchen.“ Ein erschöpft aussehender Lkw-Fahrer schmeißt seine Serviette in eine Mülltonne und dreht sich eine Zigarette. „Oder an ihn?“ Das Gyros schmeckt ausgezeichnet.

24

Athene, Göttin der Weisheit, der Kriegstaktik, der Strategie und des Kampfes, Schirmherrin der Kunst, buhlte mit Poseidon, Gott des Meeres, Bruder des Zeus, Erderschütterer, Gott der Winde und der Stürme, um die namenlose Stadt. Beide sollten der Stadt ein Geschenk machen. Das Schönere entschied darüber, wessen Namen sie tragen würde. Poseidon schenkte einen Brunnen, Athenes Geschenk war ein Olivenbaum. Der Legende nach spuckte der Brunnen nur Salzwasser, der Olivenbaum spendete Nahrung.

Durch wenig begrünte Vororte, von Olivenbäumen nichts zu sehen, fahren wir in die Stadt hinein. Wir versuchen das Zentrum Athens über den Hafen Piräus zu erreichen. Im Großraum Athen leben rund 3,7 Millionen Menschen. Nicht registrierte Flüchtlinge, Heimat- und Arbeitssuchende, Touristen kommen hinzu. Wir stehen in den Nachmittagsstunden vor

Fischkuttern, Jachten und Fähren, sehen weiter entfernt Frachter und Container. „Der Containerhafen ist schon seit Langem an chinesische Staatsunternehmen verpachtet. Dann sollte er privatisiert werden, eine EU-Auflage zur Schuldentilgung. Die Chinesen wollten zuschlagen, die Linksregierung wollte nicht, jetzt ist sie doch bereit. Das Übliche“, sagt Andi. Wir fahren Richtung Stadtmitte. An einer Litfasssäule hängen Plakate des Festivals. Bilder, die in die Jahre gekommene Rockstarschönheiten illustrieren. Gitarren, Schlagzeug, Bass, ein Saxophon, metallisch glänzende Buchstaben, im Hintergrund antike Steine und Säulen. „Da gehen definitiv junge Leute hin“, redet Rainer zu sich. „Junge Leute in deinem Alter“, sage ich zu ihm. Wir fahren weiter durch das Zentrum, werden umgeleitet, es staut sich. Demonstranten, Absperrungen, absichernde Polizisten mit ihren Einsatzfahrzeugen. Es ist laut, die Energie und Kraft der Bewegung ist im Bus körperlich spürbar. Einige Demonstranten halten Schilder in ihren Händen. `*Wir sind nicht Merkels Kolonie*` steht auf einem. Wir auch nicht, wir sind deutsche Touris. „Wieso verkaufen wir das Gras nicht gleich hier auf der Demo?“, fragt Andi. „Die Leute haben keine Kohle, aus dem Grund demonstrieren sie“, antworte ich. „Aber sie haben allen Grund zu kiffen.“ Der motorisierte Verkehr wird um die gesperrten Straßen und Plätze geführt. Andi deutet die Handbewegungen eines gestikulierenden

Polizisten und fährt den anderen Autos hinterher. „Nach meinem Geschmack lassen wir uns zu sehr von Bullen leiten", sagt er. Und irgendwann später: „Hier fährt jeder, wie er will. Wo müssen wir denn genau hin?" „Du fährst und weißt nicht wohin?" „Ich habe keine Adresse. Ikaros hat gesagt, das Festival ist ausgeschildert." „Ich glaube, **du** lässt dich zu sehr von Bullen leiten", sagt Rainer. „Das ist ein Physiker, der denkt nicht über Belanglosigkeiten nach, der sieht das große Ganze", beteilige ich mich. „Da hängen immer wieder Plakate, halte doch einfach vor dem nächsten", sagt Ivy. Wir fahren noch ein Stück orientierungslos. „Scheiße, das sind griechische Buchstaben. Das kann kein Mensch lesen", fällt Rainer auf. „Ich habe eine Word Shot App auf meinem I-Phone. Ich fotografiere das Plakat und es wird in die Sprache meiner Wahl übersetzt", sagt Andi. „Respekt", antwortet Rainer. Das I-Phone leuchtet: „*Die Götter des Rock am Hafen von Piräus*".

Wie ein langer, ruhiger Fluss fließt klares Wasser aus der Leitung, plätschert leise und gleichförmig auf den versifften Beckenboden. Gereon steht am Waschbecken und schaut dem fließenden Wasser nach, das durch den Abfluss verschwindet. Er denkt an den Fels vor seiner Höhle und sieht das Meer, klar und ruhig. Den ganzen Tag hat er mit sich gerungen. An dem Bus hängt viel. Eine Zeitlang hat er in ihm gewohnt. Er erinnert sich an Erlebnisse mit Frauen in dem Bus, auch an beglückende Momente vor der auferlegten asketischen Lebensweise. Er erinnert sich an den Vorbesitzer seines Busses. Der Typ hatte in einer Anwandlung oder Erleuchtung von heute auf morgen jede Form von Besitz abgelehnt, Besitz als verwerflich und böse eingestuft. Missionarisch, zum Prediger avanciert verschenkte er sein ganzes Eigentum, den Bus eben. Als Gegenleistung wollte er nichts bis auf Grassamen. Auf irgendetwas war der Mann wahrscheinlich hängengeblieben. Der Bus hatte ihm bisher immer gute Dienste geleistet. Arnukovic kommt an das Waschbecken, schüttelt den Kopf und dreht den Wasserhahn zu. Antonius Rodriguez steht von seiner Pritsche auf, läuft zum Waschbecken, dreht den Wasserhahn wieder auf und legt sich auf seine Pritsche zurück. Gereon registriert die Vorgänge nicht wirklich. „Das ist Verschwendung“, sagt Josef auf dem Weg zum Waschbecken. „Lass es gut sein, Verschwendung ist es, mit euch die Zelle teilen zu müssen“, sagt Antonius. „Du bist ein arrogantes Arschloch“, regt sich Arnukovic, seine Hand zur Faust ballend, auf. Gereon realisiert am Rande seines Bewusstseins den Streit um den laufenden Wasserhahn. Kommentarlos dreht er den Hahn zu und setzt sich auf seine Pritsche. Wegen der unsäglichen Langeweile schlägt Josef der Totmacher nach stundenlangem Schweigen am Abend vor, eine Partie Poker um ein Päckchen Tabak zu spielen. Antonius passt, der Einsatz ist zu jämmerlich, er schaut zu. Das Zocken verläuft ruhig, nur das Nötigste wird gesprochen. Gereon gewinnt. Josef überlässt ihm das Päckchen Tabak PLUS Zigarettenpapier ohne mitzurauchen. Irgendetwas hat sich verändert. Edi und Eli spüren es und rauchen die Reste eigener Zigaretten.

„Wir verkaufen das Gras an Antonius Rodriguez, Ikaros.“ „Der sitzt hier wegen Waffenschieberei-en.“ „Er saß schon dreimal wegen Drogendelik-ten.“ „Zu riskant.“ Die beiden schauen beiläufig die griechische Version von *Glücksrad* in ihrer Bullenstammkneipe. Ikaros sitzt auf einem Barhocker, Philipos steht gegen den Tresen gelehnt. „Überlass es mir. Das läuft. Während du vor dem Fernseher liegst oder dich um Frau und Kinder kümmerst, habe ich nachgedacht.“ „Während ich vor dem Fernseher liege, was soll das heißen? Du machst doch auch nichts anderes daheim.“ „Doch, in letzter Zeit habe ich ausgiebig Sex, aber das tut jetzt nichts zur Sache. Wir haben den Deutschen angeboten, ein Kilo Gras selbst zu verkaufen, und das müssen wir jetzt umsetzen.“ „Du hast das angeboten.“ „Weil sie nichts drauf haben. Lass mich doch mal ausreden. Morgen früh hole ich Rodriguez zum Verhör, bevor die Kollegen da sind.“

Das GPS muss wegen der ständigen Umleitungen kontrovers denken, um uns zum Hafen zurückzuführen. Rainer hat sich, von Andi inspiriert, die Word Shot App auf sein I-Phone gezogen. Er lichtet ein Plakat ab. `*Erotikfachmesse von... bis...alles für Sie und Ihn*` erscheint als Übersetzung. In der Hafengegend angekommen sehen wir tatsächlich Schilder, die auf das Festival hinweisen. Wir lassen uns einen Parkplatz von ziemlich lustlos agierenden Ordnern zuweisen, steigen aus und laufen in einer Gruppe von Besuchern auf das Festivalgelände. Musik ist zu hören, verschiedene Soundmischungen, ein Klangteppich. Wir sehen mehrere Bühnen und laufen über ein offenes, weites Feld. An einem Eingang erwerben wir die Tickets, gehen noch desorientiert, suchend über das Gelände zum Bierstand. Wir passieren das übliche Festivalangebot. Afrikanische Skulpturen, Popcorn, gebrannte Mandeln und Erdnüsse, altertümliche indische Wandteppiche, Modeschmuck und Accessoires, bedruckte Handtücher und Shirts, Second Hand-Schallplatten und CDs. Tätowierungen, Enthaarungen, Ganzkörpermassagen. Wir lassen uns an dem freien Platz zwischen einem Eisverkäufer und einem Stand für Hornhautentfernung mittels an den Füßen nagender Kangal-Fische nieder. Andi baut Gereons mobilen Verkaufsstand auf. Er legt die Planflöten gleichförmig ausgerichtet auf eine Tischplatte. Ivy gestaltet improvisierend ein Prospekt, eine Funktionserklärung der Pan-Flöten: *Whistle and Smoke*. Rainer zieht die griechische Übersetzung, Ivy malt die griechischen Buchstaben darunter. Ich schaue zu und frage, ob nicht *Smoke and Whistle* die bessere Formulierung wäre. Das Gras liegt friedlich in Jutebeuteln unterhalb des Tisches in einem Rucksack. Nicht weit entfernt spielen auf einer Nebenbühne fünf junge Musiker melodiösen Südstaatenrock. Griechische Eagles. Ivy möchte da hin, Andi geht mit. Rainer und ich übernehmen die erste Verkaufsschicht. Wir setzen 4,95€ pro Flöte an. Das klingt nicht so nach fünf, das Land ist pleite. Wir verkaufen zwei Stück an ein paar Teenies, die in schwarzen Slipknot-Shirts vor unserem Stand rumblödeln. Die Doppelfunktion der Panflöten zu demonstrieren strengt auf Dauer an. Rainer flötet ambitioniert ein Lied, Jethro Tull für Amateure. Rainer, the whistleblower. Zwei junge Frauen, vielleicht Mitte 20, laufen in Cowboyhüten, Miniröcken und Stiefeln vorbei. Sie bleiben vor dem Modeschmuck-Stand stehen. Auf dem T-Shirt der einen ist ein weit geöffneter Mund mit einer großen, rosa Zunge zu sehen, darunter verläuft ein Schriftzug. Es ist nicht das Stones-Logo. Rainer aktiviert sein Word Shot-Programm. *Ich blase*, übersetzt es. Ein Mann verkauft Fassbier aus einem Plastikcontainer, den er über die Schultern gehängt und hinter seinem Rücken mit einem Gurt befestigt hat. Über einen Schlauch lässt er das Bier in Plastikbecher fließen, eine Art Druckbetankung. Der Typ macht einen geschäftstüchtigen Eindruck, unterhält sich mit seiner Kundschaft, scheint viele Leute zu kennen. Wir nehmen zwei und fragen ihn, ob er an Gras interessiert ist. Er schaut uns einen Moment kritisch an. „Suchst du etwas?“, fragt er Rainer, der den Cowboyfrauen hinterher scannt. „Wir sind noch nicht lange hier“, antworte ich. „Paranoia oder Weiber, den Blick kenne ich“, sagt er. Während wir verhandeln, begrüßt der Druckbetanker weitere Leute, verkauft aus seiner mobilen Bierstation, betreibt nebenbei Smalltalk mit seinen Kunden. Er hat Kontakte, eine gesunde Menschenkenntnis und kommt hier rum. Das ist unser Mann. Und er hat kein Geld, wie sich herausstellt. Passt alles. Aus Smalltalk wird Bigtalk, wir werden uns einig. Zehn Gramm bezahlt er gleich, 100 geben wir ihm mit. Er überlässt uns seine Visitenkarte. „Diese Kommissionsgeschäfte, ich weiß auch nicht.“ „Glaubst du, die beiden waren eher um die zwanzig oder Anfang dreißig?“ „Bargeld wäre mir wesentlich lieber gewesen.“ „Die andere war auch nicht schlecht, aber das Mäuschen mit der Zunge und dem offenen Mund auf dem Shirt, die hat etwas Surreales. Ich glaube, ich stehe auch auf Hüte.“ „Bei Stavros geht die Form von Geschäft in Ordnung, den kann man einschätzen und Gereon kennt ihn schon lange, aber der Typ jetzt?“ „Jetzt gehen die zum Tattoo-Stand, das gibt`s doch nicht! Meinst du, das Mäuschen steht auf Tattoos?“ „Was soll`s, Vertrauen ehrt.“

Ikaros beginnt mit den Vorbereitungen des `Verhörs`. Er richtet Stühle und Schreibtisch so aus, dass

Antonius von der aufgehenden Sonne geblendet wird, während Philipos und er direkte Sicht auf ihn haben werden. Er holt Sandro aus dem Zwinger und kettet ihn am Stuhlbein seines Stuhls an. Philipos holt Antonius aus der Zelle, richtet einen Blick auf die Mithäftlinge, registriert Gereon und schaut an ihm vorbei. Antonius setzt sich, möchte eine Zigarette und sagt, dass er ohne seinen Anwalt Bullen nichts sagt. „Es ist nicht so, wie Sie glauben, Herr Rodriguez. Betrachten Sie uns als Geschäftspartner." „Der Köter regt mich auf. Die Sonne blendet mich." Ikaros bringt Sandro in seinen Zwinger. Antonius streicht über sein Haar. Er hört sich die Geschichte an, fordert Gebäck, Kaffee und eine Zigarre. „Soll das ein gutes Geschäft für mich sein? Könnt ihr mir Hafterleichterungen anbieten, eine Einzelzelle, besseres Essen…?" Antonius betrachtet Ikaros, der das Zimmer wieder betritt. Philipos erklärt Antonius, dass es für ihn sicherlich überhaupt kein Problem sei, das Marihuana zu verkaufen. „Ein Kilo Gras unter Leute zu bringen ist mein geringstes Problem", sagt Antonius, spült den Rest des Gebäckstücks mit einem Schluck Kaffee hinunter und zündet die Zigarre an. "Herr Rodriguez, wissen Sie was? Wir beide kennen die Marktpreise für Marihuana ganz genau", sagt Ikaros. Philipos fährt es sofort in den Magen. „Wir können da noch etwas machen. Anstatt zehn bezahlen Sie bei uns acht Euro für das Gramm. Ich glaube, das ist eine einmalige Gelegenheit…" „Schon gut", unterbricht ihn Antonius, „das reicht. Ich zahle euch die Hälfte des Marktpreises, fünf Euro für`s Gramm. Keinen Cent mehr. Dieses Land geht vor die Hunde. Jetzt wollen die Bullen schon Dealer spielen.“ Er nennt den beiden einen Kontaktmann zur Abwicklung des Geschäfts. „Hast du Familie?“, fragt er Philipos. „Ja.“ „Meine Kinder leben nicht mehr in Griechenland. Mein Sohn studiert in Deutschland und meine Tochter hat einen Slowenen geheiratet. Zu korrupt das ganze System hier“, sagt Antonius.

Ich laufe mit Ivy über das Festivalgelände. Kleine Campingzelte umgeben den Platz, der Spätnachmittag ist zum Abend geworden. Auf Camping-Kochern werden Essen zubereitet, die Sonne geht langsam hinter den Hügeln Athens unter. Junge Leute werfen Frisbee-Scheiben auf einer freien Fläche, weiter hinten sehen wir ein improvisiertes Fußballfeld. Am Spielfeldrand stehen die mit Bier gefüllten, angetrunkenen Plastikbecher der Spieler. Zur Abkühlung sind an verschiedenen Stellen mit Wasser gefüllte Wannen aufgestellt. Auf einer Nebenbühne wird Independent-Musik gespielt. Ein Heavy-Metall-Fan in Jeans-Weste und Lederhose pinkelt in eine der Wannen. Sein Kumpel taucht seinen leeren Bierbecher in die Wanne, füllt ihn und nimmt einen Schluck. Grinsend spuckt er ihn wieder aus, direkt auf seinen Kumpel. Der greift mit beiden Händen in die Wanne und nässt seinen Freund richtig ein. Daraufhin versucht der andere ihn komplett in die Wanne zu schmeißen und rutscht aus. Beide liegen in der Wanne. Einer ist am Metallrand hängengeblieben und blutet am Kopf. Athene hauchte den Menschen ihrer Stadt Wissen und Weisheit ein. Der Inhalt der Wanne nimmt einen zartrosa Farbton an. Die untergehende Sonne taucht die umliegenden Gebirgszüge in ein rötlich dämmerndes Licht. Wir gehen zur Haupttribüne, hören einigen uns unbekannten Bands zu, beobachten die sich aneinander reibenden, tanzenden Menschenmassen vor der Bühne. Selbstvergessene Bewegungen, freie Oberkörper, Kreischen. Energie, Ekstase, Rock`n`Roll. Freiheit. An einem Verkaufsstand auf der gegenüberliegenden Seite werden Hasch-Utensilien angeboten. Wasserpfeifen, Bons, große Blättchen, Waagen, Aschenbecher, Graspfeifen, Feuerzeuge, Reinigungsgeräte... Das Paradies der User. Ivy und ich versuchen Kontakte zu knüpfen, geschäftlicher Natur. Ich kaufe große Blättchen. „Gras wirkt bei mir nicht“, erzählt Ivy den beiden jungen Männern hinter dem Verkaufsstand in englischer Sprache. „Das ist nur eine Frage der Dosis“, antwortet der eine interessiert. Wir rollen hinter dem Stand eine Grastüte. „Wer ist denn hier der Inhaber, the owner, the big boss?“, frage ich. Der Jüngere deutet auf eine Frau mit Rastalocken, die am anderen Ende des Standes versucht eine Wasserpfeife an den Mann zu bringen. Sie trägt ein weites T-Shirt, eine an den Knien abgeschnittene, karierte Stoffhose mit Hosenträgern. „She´s the boss“, sagt er und nimmt einen ordentlichen Zug. „I`m the boss“, sagt Ivy. Die Frau kommt zu uns. Unbefangen, unkompliziert, auf die Fünfzig zugehend. Nach dem ersten Eindruck. „Hi, wie geht´s? Deutsche oder Holländer? Wie lange seid ihr schon hier? Ist das Gras von euch?“ Unsentimental, eher geschäftsorientiert, im Wesen erfrischend und lebendig. Sie nimmt einen Zug. „Nicht schlecht. Habt ihr noch mehr davon?“ Nicht übermäßig attraktiv, aber auch nicht hässlich. `Hat was`, würde Rainer sagen. Das sagt er ungefähr zehnmal im Laufe eines Tages. Dann beginnt der Abend. Die Chefin baut aus unserem Gras einen Joint, erzählt von dem Kunden, der eben den Verkaufspreis der Wasserpfeife um die Hälfte drücken wollte und ihr ein Angebot aus einem Internetshop auf seinem Smartphone gezeigt hat. „Keinen Cent habe ich nachgegeben. Der Typ braucht die Pfeife jetzt, auf dem Festival, habe ich mir gedacht.“ Sie schaut in ihre ausgeatmete Rauchwolke. „Gefällt euch Athen?“ Ohne auf eine Antwort zu warten erzählt sie weiter. „Athen war vor Jahren von Abgasen so vergiftet, tagsüber hat es wie in der Rauchwolke hier ausgesehen. Ich wollte wegziehen. An einem Tag durften nur die Autos mit gerade nummerierten Kennzeichen fahren, am anderen die ungeraden. Touristen durften mit ihren Autos nicht in die Stadtmitte fahren. Ältere Menschen sind an den

Folgen der Luftverschmutzung, am Feinstaub gestorben.“ Sie erzählt von ihrem Laden in der Stadtmitte, von ihrer Kundschaft. Auch bieder wirkende Leute, Polizisten in Zivil, Studenten, das arbeitende Volk, ein Querschnitt der Gesellschaft, sagt sie. „Viele Geschäfte um meinen Laden herum sind mittlerweile geschlossen, ich habe kaum Umsatzeinbußen. Wollt ihr etwas kaufen oder verkaufen?“ „Wir haben ein knappes Kilo von dem Gras dabei.“ „Ich verkaufe Zubehörartikel, in erster Linie. Wie viel kostet das Gramm?“ „10€.“ „Ich kaufe euch 500 Gramm ab und zahle 6 Euro.“ „Sorry, das geht nicht, 9 Euro müssen wir mindestens haben.“ „7,50.“ „8“ „Okay. Könnt ihr in zwei Stunden nochmal kommen? Ich habe nicht genug Geld hier.“ „Yes, we can.“ Sie schickt den jüngeren der Jungen los Geld holen.

An unserem Stand verhandelt Rainer gerade mit dem Druckbetanker. Der Druckbetanker grüßt mich, ich ziehe ein Bier. Ivy gönnt sich auch eins und legt ihre Füße ins Fischbecken des Nachbarn. Der Stand-Nachbar hat ein optimistisches Dauergrinsen im Gesicht. Kein Wunder, er lässt Fische für sich arbeiten. „Zu 99% sind da Frauen an dem Fußpflegestand, Robert“, sagt Rainer. „Ein guter Ort. Und der andere Prozentpunkt?“ „Das war Andi.“ Andi sitzt hinter unserem Stand, schaut auf das Konzertgelände, ohne seinen Blick auf etwas

Konkretes zu richten. „Das glaube ich nicht, die armen Fische.“ „Ich wollte wissen, wie sich das anfühlt.“ „Und?“ „Ich habe nichts gespürt.“ „Das kenne ich.“ Der Eisverkäufer, goldbraune Weste, dunkle Hose, Mövenpick-Kappe, zum Zopf gebundene blonde Haupthaare, läuft von seinem Stand zum Druckbetanker und kauft ihm ein Bier ab. In seiner Firmenkleidung sieht er aus wie ein UPS-Fahrer. Manchmal zieht er Dosenbier aus seiner Eistruhe. Eis befindet sich auch darin, sein Stand ist oft gut besucht. „Der Druckbetanker ist ein Freak“, sagt Rainer, „er hat die ersten 100 Gramm schon verkauft, das Geld habe ich einstecken. Er wollte alles an Gras, was wir da haben. Ich habe ihm 300 Gramm mitgegeben.“ „Wir haben gerade auch ein bisschen was verkauft.“ „Ihm alles zu geben, war mir zu riskant. Er ist ganz schön angezählt.“ „Berufskrankheit.“ „Nicht unbedingt, der Eisverkäufer ist auch gut dabei.“

„Was ist deine Gegenleistung, wenn ich beim Pokerspielen meinen Bus einsetze?“ Gereon und Antonius sitzen auf dem Boden der Zelle. Mit dem Rücken lehnen sie am Metallgestell ihrer Gefängnisbetten. Die aufeinandergestapelten Spielkarten liegen vor ihnen. „Ich weiß nicht. Ich habe deinen Bus nicht gesehen, ich kann mir kein genaues Bild machen. Was ist er denn Wert?“ „Er ist ein Oldtimer. Das Alter erhöht seinen Wert. Mein Bus spiegelt einen anderen Zeitgeist wider." „Hört sich an, als könnte ich deinen Bus direkt auf dem Schrottplatz entsorgen." „Er stellt ein Gegengewicht zum modernen, digitalisierten Zeitalter dar." „Ein Gegengewicht? Man denkt es nicht, aber du bist ein guter Verkäufer. Und ein Zocker. Du setzt deinen Bus aufs Spiel." „Ich habe lediglich eine Anfrage an dich gerichtet." „Wie das schon klingt. Ihr Weltverbesserer könnt die Dinge nie so sehen, wie sie sind. Ihr seid nicht anders als alle anderen, ihr verpackt es nur anders und seht euch selbst komplizierter, als ihr seid." „Das kannst du nicht beurteilen, das ist eine Fehleinschätzung. Du kennst mich nicht. Ich praktiziere alternative Lebensformen." „Alternative Lebensformen, was heißt das? Glaubst du, dass du irgendetwas verbesserst? Die Welt ist so, wie sie ist. Gewinnen willst du auch. Du entwickelst Ehrgeiz, du handelst strategisch. Ich habe dich beim Pokern beobachtet." „Ich bin hier ein Opfer der Umstände. Ich musste mich anpassen, die Jungs hätten mich kaputt gemacht." „Opfer der Umstände sind wir alle. Ich sage dir, du willst wie die meisten Menschen so bequem als möglich durchs Leben kommen. Du möchtest es dir gut gehen lassen." „Ich verzichte auf materiellen Wohlstand, auf Anerkennung, auf das Gefühl von Sicherheit und seit Jahren auf Frauen. Ich lebe mich im klassischen Sinn nicht aus." „Das Gefühl von Sicherheit fehlt mir bei meinen Geschäften auch. Sonst wäre ich nicht hier. Aber ich mag Luxus, Wohlstand und Frauen. Ich biete dir als Gegeneinsatz zu deinem Bus ein Kilo Gras. Damit kannst du doch etwas anfangen. Oder liege ich mit meiner Beurteilung wieder falsch?“ „Ein Kilo?“ Die ersten Partien gehen an Antonius. Dann wendet sich das Blatt. Gereon gewinnt ein Spiel nach dem anderen. Die Spiele verlaufen ruhig, keiner der beiden kommentiert die Ergebnisse, sie sind vertieft. Josef und Arnukovic schauen von ihren Betten aus zu. Nach einer Weile ist Antonius wieder im Vorteil. Edi und Eli schauen die griechische Version von *Aktenzeichen XY*. Das entscheidende Spiel geht an Gereon. „Scheiße, ich verliere gegen einen Hippie.“ Er hätte keine Verwendung für den Bus gehabt, trotzdem spürt er den Verlust. Das Kilo Gras ist ihm egal. Gereon zeigt keine Gefühlsregung. Er dreht sich eine Zigarette und gibt den Tabakbeutel an Antonius weiter. „Weshalb bist du hier?“ „Bei einem Waffengeschäft ist einiges schiefgelaufen. Man wirft mir vor, illegal Waffen von einem deutschen Rüstungshersteller an die griechische Armee verkauft zu haben.“ „Wie kommst du dazu? Werden solche Geschäfte nicht direkt zwischen Staat und Hersteller abgewickelt?“ „In der Regel schon. Der Lieferant aus Deutschland hat auf eine offizielle Anfrage mit ihren langwierigen Genehmigungsverfahren und Rüstungsexportvorschriften verzichtet.“ „Wo ist das Delikt auf griechischer Seite?“ „Es gibt keins. Normalerweise verdienen Leute an den Geschäften mit, die direkt in der Regierung sitzen und dafür zuständig sind. Ich habe sie übergangen. Aus dem Grund bin ich hier." „Und wie läuft das weiter?" „Mein Anwalt sagt, in ein paar Tagen bin ich draußen. Wir warten, bis die Höhe der Kaution festgelegt wird. Ich zahle den Leuten in der Regierung ihren Anteil und hoffe, die Angelegenheit erübrigt sich." Nach einer Pause nimmt Antonius den Dialog wieder auf. „Und du wirst wegen Marihuana hier ein paar Jahre absitzen?" „Das hoffe ich nicht." „Es ist lächerlich, dass Cannabis einen immer noch ins Gefängnis bringen kann. Andererseits fiele ein Geschäftszweig weg, wenn es legalisiert würde. Was willst du mit dem gewonnenen Kilo hier anfangen? Das ist gefährlich." „Ich habe einen Deal laufen mit zwei Polizisten. Sie wollen meine Pflanzen verkau-fen." „Das Land geht vor die Hunde", sagt Antonius in einer Art Automatismus. Beide lassen das Gesprochene sacken, rauchen ihre Selbstgedrehte, nehmen die Umgebung in all ihrer Tristesse wahr. Sie schauen vom Linoleumboden hoch zu ihren Mitinsassen, dann abrupt in eine andere Richtung. Richtung Wand, Richtung Decke, Richtung Ausgang. Freiheit reduziert auf den Anblick gleichförmiger Gitterstäbe, reduziert auf Vorstellungsvermögen, Aussicht und Verdrängung. Die Glut seiner Zigarette ist verloschen, Antonius dämmert etwas…

Philipos und Ikaros fahren in ihrem Dienstwagen durch die Stadt zur Adresse von Anto-nius‘ Kontaktmann. Wenig los auf den Straßen. Der Berufsverkehr ist durch, das morgendliche Chaos einer entspannten Verkehrssituation gewichen. Ikaros legt die Jutebeutel in den Fußraum vor dem Beifahrersitz, nachdem Sandro hinten an ihnen geschnuppert hat. Seine Zunge hing bereits aus dem Maul. Schweigend steigen sie an der Zieladresse aus, klingeln fünfmal, wie vereinbart. Ein Mittdreißiger im maßgeschneiderten Anzug öffnet die Türe einer Penthouse-Wohnung. Er schwärmt von seiner herrlichen Aussicht auf Thessalonikis Geschäfts-viertel, nimmt das Gras entgegen, zahlt den vereinbarten Preis, bemängelt die Unprofessionalität, mit einem Polizeiwagen hier anzukommen, und schließt die Tür. „Schau dir den Hund an, der ist in den drei Minuten eingeschlafen“, sagt Ikaros am Wagen zurück, die Autotür öffnend. „Die Welt ist voller Möglichkeiten“, fährt er fort, „5000 Euro, das ist ein Anfang.“ „5000 Euro ist viel zu wenig Geld für ein Kilo, kein gutes Geschäft“, hadert Philipos. „Von deinem BMW bist du noch ein gutes Stück entfernt.“ „Ach Scheiße! Wir werden mit der Aktion nicht genug Geld verdienen.“ „Vielleicht wird’s ein Lada?“ „Elisabeth denkt, wir werden reich.“ „Was hast du ihr erzählt?“

Die Headliner spielen auf der Hauptbühne. Etabliert, der Zenit überschritten, immer noch existent, einfach gut. Boxen, Verstärker, Mikrophonständer, Scheinwerfer gestalten das Bühnenbild mit. Metallschutzgitter halten die euphorisierten Massen auf Abstand. Farbig leuchtende Lichtkegel strahlen in die Menschenmenge, glimmern; Nebel, Rauch, benzingetränkte Fackeln, in Licht getauchte Dunkelheit. Eine Videoleinwand bebildert die vorgetragenen Songs. Schemenhaft, in Umrissen sind die Musiker auf der Bühne von unserem Stand aus erkennbar. Der Sound ist klar und laut, die Basslinien laufen direkt durch den Magen. Rainer ist unterwegs, auf der Jagd nach jungen Cowboyhüten, auf der Jagd nach sich selbst. Stein um Stein zimmern wir uns einen Rausch unter die Schädeldecke. Bisher nur Bier, grundsolides Handwerk. Andi und ich wechseln uns beim Holen ab. Das Herumspazieren der Festivalbesucher, bewundert werden als Selbstzweck, verliert sich in den Abendstunden, weicht einer konkreten Suche nach Drinks und Musik. Ivy kommt vom Blockhütten-Cocktail-Pavillon mit einem Touch Down zurück. Die gepflegte Stillosigkeit vieler Besucher ist echt, Jacken und Hosen sind nicht auf alt getrimmt, sie sind es. Ein deutscher Urlauber interessiert sich für unsere Panflöten. Auf seinem bedruckten T-Shirt steht `Wenn ich sterbe, dann besoffen`. Nicht unsere Zielgruppe. Ivy und ich sind im Begriff auszutrinken, zwei Stunden sind vergangen, wir wollen unser Geschäft zu Ende bringen. Der Druckbetanker taucht auf. Stoned und betrunken läuft er schwankend auf uns zu. Sein Gesichtsausdruck wirkt angestrengt, verschoben, er schaut uns nicht direkt an. Besoffen und schmerzverzerrt fängt er an, Worte aneinanderzureihen. Ich höre ihm zu. Parallel beobachte ich, wie der Eisverkäufer zur Fußpflege läuft, sich in einen Sessel wälzt, seine Füße ins Fischbecken taucht, den Kopf nach hinten lehnt und eine selbstgedrehte Zigarette anzündet. Der Druckbetanker erzählt von vier Rockern, die ihn beim Pinkeln überfallen haben. Erst ist er geschlagen worden, dann haben sie ihm das Gras abgenommen, sein komplettes Geld ist auch weg. Er zeigt auf eine lächerlich kleine Blessur am Kinn. Sie sieht so aus, als hätte er sich vor zwei Tagen beim Rasieren leicht geschnitten. Er stammelt weitere Erklärungen vor sich hin. Bier ist auch keines mehr in seinem Tank. Ein Loser. Was erwartet er? Anteilnahme? Verständnis? Sollen wir ihm eins in die Fresse hauen? „Wir brauchen das Geld“, sagt Andi trocken und schaut ihn vorwurfsvoll an. Nervös fingert der Druckbetanker an seinem Tankschlauch herum. Bierreste tröpfeln auf den Boden. „Geld, überhaupt kein Problem, zahle morgen alles.“ Unruhig zuckt er mit den Achseln. Er überreicht Andi eine seiner Visitenkarten und schwankt davon.

Händchenhaltend laufen wir über das Festivalgelände wie in die Jahre gekommene Teenies. An den Bühnen vorbei, um das Publikum herum, durch das Publikum. Zweisamkeit inmitten der Menschenmassen. Vor dem Stand für User und Pfeifensammler küssen wir uns. Antiquierte Zuneigung in Zeiten höriger und führender *Shades of Grey*-Aktionskünstler. Wir gehen direkt auf die Hosenträgerfrau zu. Sie begrüßt uns, ein Küsschen pro Wange. Wir laufen hinter den Stand, Ware gegen Geld, Geld gegen Ware. Der junge Junge beobachtet uns. Irgendetwas stört Ivy. Angespannt kann sie die oberflächlichen Höflichkeitsfloskeln gerade so aufrechterhalten. Vielleicht waren es die Begrüßungsküsschen der Hosenträgerfrau, vielleicht redet sie anteilig mehr mit mir. Ich verstehe es nicht. Wir sitzen um einen kleinen Tisch. Die Chefin kommentiert die Jutebeutel, redet von ökologischem Bewusstsein bei Verpackungen. Ivy wendet sich ab, schaut mich nicht mehr an, smalltalkt mit dem Jungen. Die Schmetterlinge sind ausgeflogen. Krähen haben sich in den Eingeweiden festgebissen. Die Hosenträgerfrau hat eine Menge kleiner Scheine und zählt sie uns am Tisch vor. War das schon Flirten? Wäre Flirten ein Delikt? Verbitterung statt Reife ? Liegt das an mir? Wahrscheinlich wäre sie ohne eine gewisse Labilität nie bei mir gelandet. Nicht, dass ich irgendeine Form von Reife besitze, aber ich kann Dinge laufen lassen. Dafür hasst sie mich auch. In schlechten Zuständen. Ich tue so, als würde ich das vorgezählte Geld mitzählen, bin gedanklich verdammt weit weg. Das Nicht-Ereignis könnte ein Erdbeben auslösen, sagen mir Erfahrungswerte. Jetzt will die Chefin auch noch einen Geschäftsabschlussrauch. Ich bin voll genug. Erst läuft alles reibungslos, jetzt ist alles beschissen. Meine Gedanken schweifen weiter ab. Der Druckbetanker ist ein Komiker. Denkt er, wir glauben ihm seine Story? Soll er doch mit dem Gras machen, was er will. Oder sind wir die Komiker? Ihm 300 Gramm zu überlassen! Rainer… Ivy ignoriert mich. Ich spüre die ersten Krähen auch in meiner Magengegend. Ob die von der EU subventionierten Ziegen- und Schafherden Kreta wirklich kahlfressen? Wie viele Bundesligaspieltage habe ich jetzt eigentlich verpasst? Wir reichen der Chefin zum Abschied die Hand. Au revoir. Alles jetzt, nur kein Küsschen.

In einem viel zu klein geratenen, marineblauen Zwei-Mann-Zelt wacht Rainer auf und sucht seine sechsachtellange, rot-weiß gestreifte Hose. Zuerst sieht er seine neongelb leuchtenden Turnschuhe am unteren Ende des Zeltes, dann wirft er einen Blick auf die Frau, die schlafend neben ihm liegt. Die beiden trennt eine das Zeltdach stützende Metallstange. Der mittlerweile abgestandene, süßliche Duft ihres Parfums steigt ihm in die Nase. Er betrachtet das glänzende, gelockte, etwas unnatürlich wirkende, schwarz gefärbte Haar. Wie habe ich das gemacht?

Lag ich auf ihrer Seite? Bin ich noch gekommen? Am Zeltausgang liegen ein weißes Shirt, ein Rüschen-BH in silbermetallic und eine Jeans. Er sieht die tätowierten Oberarme seiner Braut, vergleicht die Motive kurz mit seinen. Jetzt merkt er, dass er seine Hose als Kopfkissen benutzt hat, und erinnert sich vage an die Dialoge am Cocktail-Pavillon. Sie ist Krankenschwester, lebt alleinerziehend in Athen, hat lange für die Drei-Tages-Konzertkarte gespart, ihre Tochter ist beim Vater, der keinen Unterhalt zahlt… Er betrachtet die unverhüllten Brüste, fühlt sich leicht verkatert. Hat sie ihn in den Mund genommen? Ja, das weiß er noch genau, aber viel mehr ging nicht mehr. Er bringt seinen Oberkörper in eine aufrechte Position, zieht seine Hose an, versucht keine Geräusche zu verursachen. Halb ist er schon aus dem Zelt, nur die Beine muss er noch nachziehen. „Hello Rainer, would you like to have breakfast with me?“

Am nächsten Morgen scheint die Sonne unbarmherzig durch die Seitenfenster in den Bus. Ivy liegt als Althippie-Girl hinten, ich habe mir die mittlere Bank gegönnt. Andi kam als Letzter und hat es sich mit seinen 1,90m zwischen Fahrersitz, Schaltung und Beifahrerbereich gemütlich gemacht. Wach, faul und restmüde liegen wir vor uns hin stagnierend. Rainer öffnet die Bustür. Wir begrüßen uns wie alte Bekannte. Er ist gut in Form. „Oh Mann, ihr könnt es euch nicht vorstellen: Ich habe eben für ein Frühstück über zwanzig Euro bezahlt. Vier Euro fünfzig der frisch gepresste Orangensaft. Neun Euro für zwei kleine Becher. Am liebsten hätte ich sie wieder abbestellt. Griechenland ist ein **günstiges** Urlaubsland. Für vier Euro fünfzig bekomme ich einen Master-Blaster im Tirili in Würzburg." Andi erzählt vom Druckbetanker, von den wahrscheinlich verlorenen 300 Gramm Gras. „Am Abend habe ich für zwei Cocktails acht Euro bezahlt und jetzt lege ich für zwei frisch gepresste O-Saft-Becher neun Euro auf den Tisch. Kann mir bitte einer erklären, wie so eine Preisgestaltung zustande kommt?" „Was regst du dich auf, du hast bestimmt einen schönen Abend gehabt", kommentiert Andi. „War okay. Wie ist es denn bei dir gelaufen?" „Ich weiß nicht mehr genau, gegen Ende habe ich einen Joint mit dem Eisverkäufer gesmoked. Ein richtiger Szenetyp oder ein Pseudo-Szenetyp, schwer einzuschätzen. Angeblich kennt er alle Bands, die hier spielen. Angeblich besucht er mindestens 100 Konzerte im Jahr und hat 1989 die Stones in Los Angeles live gesehen auf der Steel Wheels Tour mit Guns`n`Roses als Vorgruppe." „So alt ist er schon? Ich hätte ihn jünger geschätzt", sagt Ivy. „Und er ist Eisverkäufer?", frage ich, obwohl ich mich noch zu verschlafen für Dialoge fühle. „Angeblich ist er Franchisenehmer bei Mövenpick, hat noch fünf Angestellte, die für ihn parallel auf anderen Veranstaltungen Eis verkaufen. Drei davon sind

Frauen, alle drei stehen auf ihn, hat er gesagt." „Welche Frau steht denn auf einen Eisverkäufer?", regt sich Rainer auf. „Er hat Haare unter seiner Cap, das habe ich gesehen", sagt Ivy. „Auf jeden Fall war dein Druckbetanker ein Reinfall. Ich denke, die 300 Gramm sind verloren. Den Typen werden wir nicht wiedersehen", sagt Andi. „Vor dem Nachbarzelt war ein Mäuschen, ihr glaubt es nicht", antwortet Rainer. „Für so eine Frau würde ich alles aufgeben, ich würde sie auf Händen tragen, vom Fleck weg heiraten, mich komplett ändern. Ihr würdet mich zweimal im Jahr sehen, maximal!" „Wollen wir frühstücken gehen?", fragt Ivy und gähnt. „Wo gibt´s denn den frisch Gepressten?", frage ich Rainer.

Übriggebliebene Zecher, Camper, in Kleidung schlafende, herumliegende Restbesucher, Angestellte, Musiktechniker, ein friedliches Volk wartet auf den Beginn des nächsten Konzerttages oder bereitet ihn vor. „Also, wir haben 100 Gramm an den Druckbetanker für zehn Euro verkauft, 500 Gramm für acht Euro an die Hosenträgerfrau, macht in der Summe 5000 Euro. 300 Gramm haben wir in den Sand gesetzt und noch 100 hier. Das kann sich doch sehen lassen." Jetzt bin ich wach. „Vielleicht kommt der Typ heute mit der Kohle ja doch noch", sage ich in einem Anflug von Optimismus. „Naivling", sagt Andi. „Wie heißt er überhaupt, was steht auf seiner Karte?" Andi zieht die Karte aus der Hosentasche.

„Clint Eastwood.“ „Ach so.“ „Hier steht Alexandroff Arnukovic.“ „Ein Zuwanderer?“ „Hört sich an wie ein Opernsänger.“ Ich trinke den letzten Schluck Orangensaft. „Der O-Saft hier schmeckt wie ein Master-Blaster im Tirili.“ „Schuldgefühle hat Rainer nicht unbedingt wegen der vermasselten 300 Gramm“, sagt Ivy. „Ich bin mir nicht sicher, ob er es registriert hat.“ Einige Stände sind offen und besetzt, andere im Begriff zu öffnen. Die Mittagssonne hat es in sich. Andi reiht die Panflöten symmetrisch aneinander, Ivy sucht das gestern geschriebene Schild. Zermürbt und lustlos hängen wir eine Zeitlang vor und hinter unserem Stand ab. Die ersten Bands reißen nicht mit. Eine Band klingt wie das Reiben von Metall auf Metall. Rainer kommt mit einem Coffee to go angelaufen. „Wollen wir hier wirklich den kompletten Tag verbringen?“, fragt Ivy. „Wir können wenigstens versuchen die 100 Gramm zu verkaufen.“ „Ich schaue mir lieber die Akropolis an“, sagt Ivy. „Ich bin auch bedient. Mein Rücken tut verdammt weh. Schlafen konnte ich nicht zwischen Schaltung und Sitz“, klagt Andi, „ich fahre mit dir, Ivy, und lege mich in den Bus, während du die Akropolis anschaust.“ „Leg dich doch hier auf dem Gelände ab“, schlägt Rainer vor, „wir verkaufen die 100 Gramm schon.“ „Das ist mir zu laut.“ „Bin ich mit Rentnern im Urlaub?“, fragt Rainer. Das Gelände füllt sich in den Nachmittagsstunden, alles wirkt wie am Vortag, alles wirkt wie bereits erlebt. Ich schaue mich um. Neben einem

Antiquitätenstand sitzen zwei Chinesen in orangen Gewändern. Der eine hockt im Schneidersitz auf dem Boden und verzieht keine Miene. In seiner rechten Hand hält er einen Stab nach oben, der im Gewand des anderen verschwindet und ihn irgendwie trägt. Die beiden sitzen übereinander, die einzige erkennbare Verbindung ist der Stab. Vor ihnen steht eine Messingvase zum Belohnen der Aktionskunst. Es kommen keine Leute an unseren Stand, die sich anbieten, einen Deal in die Wege zu leiten. Vielleicht sind wir nicht motiviert oder zu misstrauisch. Ein Druckbetanker läuft an uns vorbei, wir sprechen ihn auf seinen Kollegen an, zeigen ihm die Visiten-Karte, keine Reaktion bis auf ein Achselzucken. Wir kaufen ihm ein Bier ab. Am Spätnachmittag rollt der Eisverkäufer vom Vortag mit der mobilen Truhe an und stellt sich auf seinen Platz. Er schließt die Truhe auf, entnimmt eine Dose Bier und setzt sich auf einen Klappstuhl. Kurz entschlossen kontaktiert Rainer ihn. Grinsend und ein wenig stolz kommt er nach einer Weile zurück, wie ein Junge, der etwas wieder gut gemacht hat. „Ich habe ihm 95 Gramm verkauft, Barzahlung, zehn Euro das Gramm“ „Wieso 95?“ „Fünf behalten wir, wir haben noch drei Tage Urlaub.“ „Ich habe zwei Panflöten an **einen** Kunden verkauft.“ „Stark, Robert.“

Ivy und Andi kommen in den frühen Abendstunden zurück. Ivy schwärmt von einem mehr als lohnenswerten Kulturtrip, schwärmt von der Atmosphäre und dem atemberaubenden Anblick der Akropolis, von der Aussicht auf die Innenstadt. Nur die Restaurierungsarbeiten und Baugerüste stören. Sie schwärmt vom Besuch des Museums, von dessen modernem Glasbau, von Glasflächen im Boden, die ungewöhnliche Blicke in die Tiefe der Ausgrabungen ermöglichen, von dem Kontrast zwischen Moderne und Antike. Nur die Zeit für den Ausflug war zu knapp bemessen. Andi erzählt, dass er an einem bewachten Parkplatz im Schatten geschlafen hat, später dann kurz zur Akropolis hochgelaufen ist. „Beeindruckend“, sagt er auch noch.

25

Wir packen die Panflöten ein, legen den mobilen Stand auseinander, laufen gegen die Strömung von Ankommenden Richtung Ausgang. Wir steigen in den Bus, wechseln uns mit dem Fahren ab, pausieren gelegentlich, erreichen gegen zwei Uhr früh das City-Hotel in Thessaloniki und wecken durch hartnäckiges Türklopfen den Nachtportier. Am nächsten Morgen erholen wir uns nach dem Frühstück am Stadtstrand, schwimmen im Meer, beobachten Touristen bei ihren Aktivitäten und Passivitäten, joggen durch den zum Wasser hin schräg abfallenden Sand. Rainer und ich fahren in den Mittagsstunden zu Stavros, um unser Geschäft abzuschließen. Große Teile der Fahrt schweigen wir, lassen die Eindrücke auf uns wirken. „Die Monogamie ist die größte Lüge unserer Zeit“, sagt Rainer nachdenklich, setzt den Blinker und fährt in die Tankstelle. „Ich dachte, das ist der Glaube an den Kapitalismus.“ Stavros liegt auf dem Garagendach in einem mit Blümchenmustern versehenen Liegestuhl und sonnt sich. Er trägt nur eine Badehose. Der Stuhl liegt im Bauch- und Beckenbereich am Boden auf. Neben ihm steht eine Flasche Coca Cola, ein Strohhalm schaut aus der Öffnung. Er hat einen Kopfhörer auf und seine Kappe über die Augen gezogen. Rainer tippt ihn an. Stavros zieht die Kappe hoch, nimmt die Kopfhörer ab und begrüßt uns. „Reggae macht mir immer wieder gute Laune“, sagt er, „wären die Liegestühle etwas komfortabler ausgestattet, könnte ich mein Alter komplett vergessen.“ Er richtet sich auf, fährt mit der Hand über seinen Rücken. „Ohne diesen Dauerschmerz hätte ich die Energie eines Zwanzigjährigen, ich würde das Doppelte an Umsatz aus dem Laden hier holen. Aber ich will mich nicht beschweren, Elisabeth und Dimitra tun, was sie können. Wie war denn die Fahrt?“ Wir setzen uns in eine ruhige Ecke des Bistros und trinken einen Kaffee. Danach bittet Stavros Elisabeth um eine Runde Ouzo, anscheinend nähern wir uns dem geschäftlichen Teil des Treffens. „Natürlich habe ich die 800 Gramm verkauft. Wenn Stavros sagt, kommt in zwei Tagen wieder, dann läuft die Sache in zwei Tagen.“ „Wir haben dir ein Kilo gegeben, Stavros.“ „Jungs, keiner hat Geld, keiner will bezahlen. Ich musste mich ganz schön anstrengen, um den Verkauf in die Wege zu leiten. Eine kleine Anerkennung von 200 Gramm ist für die Mühen nicht zu hoch bewertet.“ Er überreicht uns 4000 Euro. „Das sind doch nur 4000 Euro, wir bekommen 8000, zehn Euro pro Gramm waren vereinbart.“ „Was heißt denn **nur**, meine Freunde? Woher kommt dieser Pessimismus?“ „Wir haben Verpflichtungen, es geht um Gereon.“ „Das kriegt ihr schon hin, ich glaube an euch. Geld ist nicht alles. Was macht mich glücklich? Der kleine Profit hier oder auf dem Dach liegen und Reggae hören? Denkt darüber nach.“ Er redet noch eine Weile über das problemlose Leben ohne Geld in der Schlucht und über seine Rückenbeschwerden. Er dreht einen Joint von seiner kleinen Provision und redet über Gastfreundschaft. Als er über die EU anfängt, nimmt Rainer den Busschlüssel und steht auf. Stavros reagiert, umarmt ihn und dann mich. Ich spüre seinen Bauch. Wir gehen zum Bus, Stavros läuft in seiner Badehose Richtung Garagendach. „Die größten Lügen unserer Zeit laufen im Alltag ab“, sage ich. „Für mich ist es die Monogamie.“ „Dein Weltbild möchte ich einmal haben, nur für einen Tag.“ „Du würdest dich wundern, was mir alles durch den Kopf geht.“ „Wahrscheinlich wäre es, wie durch einen Pornostreifen zu laufen.“

Antonius schweigt. Was würde es bringen, welche Vorteile, wenn er Gereon davon in Kenntnis setzte, in gewisser Weise sein eigenes Gras gewonnen zu haben? Keine. Ihm nicht und Gereon auch nicht. Er gibt ihm die Karte seines Kontaktmanns. Gereon ist nicht weiter überrascht. Er hat nicht damit gerechnet, seinen Gewinn im Gefängnis ausgehändigt zu bekommen. Mittlerweile pokert er wieder, um seinen Bedarf an Tabak zu decken. Er führt Gespräche mit Antonius über die Vor- und Nachteile des Kapitalismus, über die EU, über das Gefängnis, über Haben und Nichthaben, über das Nicht-Besitzen-Wollen... Soweit dies in Anbetracht der Umstände möglich ist, sieht er den kommenden Tagen gelassen entgegen. Antonius` Geschichten bestärken seinen Glauben an die Korruption als effektives Mittel zur Erreichung eigener Ziele. Am Nachmittag wird Antonius aus der U-Haft entlassen. Arnukovic nutzt die Situation und befreit sich. Antonius‘ unerträgliche Dominanz, dessen Borniertheit, die Sympathien für den Hippie, es geschieht jetzt wie von selbst. Er geht zu Gereons Pritsche, bittet ihn aufzustehen, verpasst ihm einen Schlag in die Magengrube. Gereon spürt den Schmerz sofort, verzieht das Gesicht, sackt leicht zusammen. Arnukovic schlägt dem einknickenden Scheiß-Hippie gezielt mit der Faust von unten kommend an Nase und Kinn, zieht mit seiner Linken seitlich auf Auge, Stirn, Wangenknochen nach und trifft. Er umklammert den taumelnden Körper, wirft ihn zu Boden und tritt nach ihm. Gereon liegt gekrümmt am Boden, fast in Embryonalstellung. Seine Hände umfassen instinktiv schützend den Bauch. „Das reicht“, sagt Josef, der Totschläger, auf seiner Pritsche sitzend. Edi und Eli schauen kommentarlos zu. Der Fernseher läuft unbeachtet im Hintergrund. „Das reicht“, wiederholt Josef. Arnukovic tritt weiter. Edi schaltet den Fernseher aus. Josef steht auf und haut diesem bekloppten Psycho eins in die Fresse. Gereon registriert die Aktion am Boden liegend mit einem Anflug von Erleichterung. Eli beschwert sich: „Edi, lass an, Mann.“ Arnukovic schwankt zurück auf sein Bett, empfängt von Josef abschließend einen Tritt in sämtliche Weichteile. Edi macht den Fernseher wieder an. Gereon schaut zu Josef. „Bedank dich nicht bei mir, das hat mit dir nichts zu tun“, sagt Josef und setzt sich vor den Fernseher. Es läuft Werbung und Blut aus der Nase, rot auf das Linoleum-Grau. Gereon stöhnt, unterdrückt den Impuls zu schreien. Entglittene Gesichtszüge, Schmerzen, einsetzende Schwellungen an Kinn und Wangen. Überleben strengt an. Er schwankt zu seiner Pritsche, legt sich auf die harte Matratze, atmet ein und aus. Er schließt die Augen. Sterne kreisen. Lichter und Schattierungen tauchen auf und verschwinden wieder. Blau, grün, violett, orange, weiß. Nur schwarz fehlt. Selten zuvor hat er sich so einsam und verlassen gefühlt.

Andi und Ivy verbringen Zeit am Strand. Die Sonne hat ihren Zenit lange überschritten, zumindest für diesen Tag. Mit einem Drink in der Strandbar lassen sie den Tag ausklingen, ziehen sich im Hotel um und gehen zum Abendessen. Beide spüren die Erschöpfung der außerplanmäßigen Ereignisse. Der Urlaub geht dem Ende entgegen. Im Moment ist die gewohnheitsmäßige Routine des Alltags, die in Kürze das Leben dominieren wird, noch schwer vorstellbar. Sie reden über die Restaurierungsarbeiten an der Akropolis, den Druckbetanker, die beiden Polizisten, das Leben an sich… „In Würzburg suchst du dir eine Frau“, sagt Ivy, „oder ich suche dir eine.“ Rainer und ich stoßen am späten Abend in der Hotelbar dazu. Wir erzählen von Stavros` Badehose, von seiner Liege, von zu langen Autobahnfahrten… Später reden wir über unseren Fall. Wer verstößt gegen das Gesetz? Wer übt kriminelle Handlungen aus? Wer versucht wen zu bescheißen? Wer nutzt welche Situation aus?

Philipos und Ikaros sind erstaunt, als wir ihnen am nächsten Morgen während des Frühstücks in ihrer Stammkneipe knapp 10.000 Euro aus dem Verkauf von zwei Kilo Marihuana präsentieren. Bei einem Marktwert von 20.000 Euro hatten sie instinktiv mit mehr gerechnet. „Gereon erwartet neben seiner Freilassung die Hälfte der Einnahmen, da es sich um sein Gras handelt“, sagt Rainer. „Das glaube ich nicht! Ihr redet von Erwartungen?“ Philipos läuft rot an. „Ihr gehört alle in den Knast, lebenslänglich, was rede ich, unsere Gefängnisse sind zu schade, erschießen sollte ich euch.“ Ikaros staunt wie ein Schuljunge in Deutschland an Weihnachten beim Anblick von Lap-Top, Carrera-Rennbahn und Play Station. Philipos öffnet seinen Halfter, nestelt an seiner Waffe herum und schaut Rainer an. Der Wirt kommt mit zwei frisch gebrühten Tassen Kaffee. Philipos schließt seinen Halfter und flucht weiter. Der Wirt stellt den Kaffee ab, schüttelt den Kopf und läuft zum Tresen zurück. „Eine Unverschämtheit, ihr wollt uns verarschen, ich hab´s gewusst. Ihr seid noch schlimmer als euer Finanzminister.“ „Wir sind keine Profis. Sei doch froh, dass wir alles verkauft haben“, sagt Andi. „Keine Profis? Ihr habt uns beschissen.“ „Nein, ein bisschen was haben wir selbst gekifft, das war alles“, beruhigt Andi. „Ikaros, verhafte alle vier.“ Ikaros nimmt einen Schluck Kaffee. Philipos legt nach, nicht mehr ganz so erregt. „Ihr könnt mir nicht erzählen, so viel gekifft zu haben. Das glaube ich nicht.“ „Naja, so ein Typ, der Druckbetanker, ist auf dem Festival mit 300 Gramm abgehauen, die er für uns verkaufen sollte“, erzählt Andi ruhig. „Der Druckbetanker“, wiederholt Philipos leise, resigniert. „Das war ein Freak. Der Typ hat Bier aus einem Behälter verkauft und unser Gras mit angeboten. Am Anfang hat das gut geklappt….“ „Mein ganzes Leben lang treffe ich auf Kleinkriminelle und Nichtskönner. Das wird immer so weitergehen.“ Philipos denkt an Antonius` geschmeidiges, selbstsicheres Auftreten, seinen Status im `Geschäftsleben`. Sein Coup kommt ihm klein und nichtig vor. „Ob ich für die paar Euro den Hippie wirklich entlasse, muss ich mir noch überlegen. Legt nochmal 5000 Euro auf den Tisch und wir entlassen ihn, von mir aus sofort.“ „Das ist Erpressung“, stellt Andi fest. „Das sind immer noch 5000 Euro Verlust für uns. Ihr seid reiche Leute.“ „Mir reicht`s, was soll das“, regt sich Rainer auf. „Mir schon lange“, sagt Ivy, „wir hätten uns überhaupt nicht auf so einen Scheiß einlassen müssen.“ Ikaros schmiert Butter auf sein Hörnchen. „Jetzt fängt der reiche Deutsche das Jammern an. Wir wissen, dass du Arzt bist“, sagt Philipos Rainer zugewandt. „Ich habe eine 50 Prozent Stelle, bin Assistenzarzt.“ „Er ist der ärmste Arzt Deutschlands“, stehe ich Rainer bei. „Jeder von euch verdient mehr Geld als Ikaros und ich zusammen.“ Ich kann sie weder verhaften noch erpressen, weiß Philipos. Ich habe alles versucht. Er zündet sich eine Zigarette an, wird nachdenklich. Läuft es nicht einfach wie immer? Läuft jemals irgendetwas glatt? 7500 Euro für mich, 7500 Euro für Ikaros, was soll das Ganze. Er trinkt einen Schluck Kaffee. „Ikaros, wie hat Thessaloniki gestern Abend gespielt?“ „1:0 gewonnen.“ „Sind wir jetzt Dritter?“ „Ja.“ Ivy möchte Milch für ihren Kaffee, Philipos merkt das und reicht sie ihr. „Wer hat das Tor geschossen?“, fragt Rainer Ikaros. „Giorgos Tzavelas.“ „Ich habe zwei Spiele im Urlaub gesehen, man kann die griechische Liga nicht mit der Bundesliga vergleichen“, fährt Rainer fort. „Unterschätze uns nicht, viele gute Spieler verdienen hier ihr Geld.“ Mir fallen unvermittelt die Rückflugtickets ein. „Andi, hast du die Tickets online gecheckt?“ „Nein, das hat nicht funktioniert.“ „Für die griechische Liga hätte es bei mir auf jeden Fall gereicht. Du hast keine Ahnung, wie gut ich war. Ich habe nur nichts daraus gemacht. Die Weiber und der Suff kamen mir dazwischen“, labert Rainer. „Von meinen technischen Fähigkeiten her könnte ich bei Barca spielen. Ich bin nicht gefördert worden“, antwortet Ikaros. Philipos zählt das Geld nach und steckt es in die linke vordere Hosentasche seiner Polizeihose. Er nimmt sich ein Brötchen und belegt es mit Schinken und Käse. „Für uns Griechen ist das Frühstück traditionell eine karge Angelegenheit. Wir trinken einen Kaffee und fangen an zu arbeiten“, erklärt er Ivy. „Ihr arbeitet?“, fragt sie nach. „Ich verhafte deutsche Touristen. Und noch lieber Touristinnen.“ Irgendwann steht Philipos auf. Großmütig gestikulierend, Wichtigkeit im Blick, ein guter Bulle, vielleicht ein bisschen selbstgefällig, aber beherrscht: „Der Hippie bekommt 500 Euro aus dem Verkauf seiner Graspflanzen und wir entlassen ihn heute Mittag aus der U-Haft.“

Gereon sitzt auf der Treppe vor dem Eingang des Polizeigebäudes. Ein Auge ist blau und blutunterlaufen, Wangen und Kinn sind geschwollen, seine Nase sitzt nicht mehr mittig. Ein geöffneter Tabakbeutel liegt auf seinen Beinen, Zigarettenpapier und Tabak verschmelzen zwischen den Fingern zu einer Zigarette. Wir parken am Gehsteig der gegenüberliegenden Straßenseite. Er registriert uns beiläufig, dreht die Zigarette fertig, zündet sie an und bleibt sitzen. Wir warten. Er schaut am Bus vorbei auf den Park, manchmal senkt er den Kopf und betrachtet die Steintreppe. „Ein romantisch veranlagter Mann in den besten Jahren, wie er so vor dem Polizeigebäude sitzt und raucht“, kommentiere ich. „Und uns ignoriert“, ergänzt Rainer. „Wie schaut der denn aus?“, fragt Ivy. Wir betrachten ihn näher. Jetzt sehe ich es auch. Gereon raucht die Zigarette zu Ende, wirkt kurz desorientiert, scheint einen Aschenbecher zu suchen, drückt die Kippe auf den Stufen aus und läuft über die Straße zum Bus. Er zieht ein Bein nach. „Eine Zigarette in Ruhe. Ich bin der Meinung, ich muss den Begriff ‘Wertschätzung‘ für mich neu definieren“, sagt er und schaut uns an. „Du siehst schlimm aus. Was ist denn passiert?“, fragt Ivy. „Ich bin dem Aggressionspotential eines komplexbehafteten Mit-menschen zum Opfer gefallen. Es ist nicht so schlimm, wie es aussieht, die Schmerzen sind erträglich. Ich bin dankbar, nicht mehr im Gefängnis zu sein.“ Er zieht eine

Visitenkarte aus seiner Hosentasche. „Andi, kannst du mich bitte da hinfahren? Ich muss etwas erledigen." Andi gibt die Adresse in sein I-Phone ein. „Welche Summe hat der Verkauf meiner Pflanzen erzielt?" „500 Euro für dich, inklusive Freiheit", sagt Andi. An einem grün leuchtenden Kreuz bittet Rainer Andi anzuhalten. Rainer geht in die Apotheke und kommt mit einer vollen Plastiktüte zurück. Er sprüht Desinfektionsmittel auf offene Wunden und tastet den Bauch ab. Dann klebt er Pflaster auf Gesicht und Ellenbogen, wickelt einen Verband um den Oberarm, einen um die Wade und einen zwischen Stirn und Haaransatz. Er kleidet Gereon neu ein. Zum Schluss bedeckt er das blutunterlaufene Auge mit einer Augenklappe. „Das Auge kann eine Weile sehr lichtempfindlich sein", sagt er. „Ich schenke euch die 500 Euro. Danke für alles", sagt Gereon nach der Prozedur. „Dankbarkeit ist ein aus dem Inneren heraus empfundenes Lebensgefühl, das nicht unbedingt an Mitmenschen gekoppelt sein muss, aber in dem Fall bin ich dankbar für eure Hilfsbereitschaft." An der Zieladresse angekommen steigt er aus dem Bus und klingelt an einer Haustür. Ein Mittdreißiger öffnet im maßgeschneiderten Anzug die Türe einer Penthouse-Wohnung, schwärmt von der herrlichen Aussicht hier auf Thessalonikis Geschäftsviertel. Ohne nach irgendetwas zu fragen übergibt er das Gras und schließt die Tür. Gereon betrachtet seine Jutebeutel. Er verstaut sie im

Kofferraum. Sein Magen schmerzt. „Was hast du gemacht, wen hast du besucht?“, fragt Ivy. „Ich habe meinem Bekannten aus dem Gefängnis eine Gefälligkeit erwiesen. Ich glaube, es wird langsam Zeit Abschied zu nehmen, ich möchte wieder in die Türkei zurück.“ „Wir müssen erst einmal zum Flughafen, Tickets für unseren Rückflug morgen organisieren.“ „Ich fahre euch hin. Ich möchte jetzt gerne mit meinem Bus fahren.“ Es ist nichts los am Schalter. Problemlos reservieren wir die Tickets, bezahlen mit den 500 Euro Dankbarkeit. Ich frage Gereon, ob er uns in einem Dorf auf Sithonia absetzen kann. „Die Präposition AUF ist in dem Fall nicht korrekt, da es sich um eine Landzunge und nicht um eine Insel handelt“, stellt er klar und bejaht. „Wir wollen vor unserem Rückflug morgen noch einen Bekannten besuchen“, erkläre ich ihm. „Ein Freund von mir leitet ein Speiselokal mit Übernachtungsmöglichkeiten. Komm doch mit, es ist mit Sicherheit komfortabler als der Knast.“ „Ich überlege es mir.“ Wir verlassen die gut ausgebaute Küstenstraße bei Neos Marmaras, passieren abgelegene Bergdörfer, fahren dann wieder Richtung Küste. Auf einer Anhöhe parken wir den Bus und verbringen den Tag an einem idyllisch gelegenen, spärlich besuchten Sandstrand in einer von Felsen umgebenen Bucht. Der Strand ist über einen Pfad, später über Stufen erreichbar, ein kleines Café befindet sich am Rande der Bucht. Wir liegen im

Sand. Gereon braucht lange, bis er den Pfad und die Stufen hinuntergehumpelt ist. „Wie war es im Gefängnis?“, fragt ihn Ivy. „Befremdlich. Nach meiner Einschätzung ist das Gefängnis eine Ansammlung tendenziell destruktiver Persönlichkeiten. Eine Person hatte interessante Denkansätze. In der Summe ist ein Leben in Freiheit vorzuziehen, in unserer subjektiv empfundenen, relativen Frei-heit.“ „Alles, nur keine Freiheitsdiskussionen“, windet sich Rainer auf seinem Handtuch. „Liegen an dem Strand eigentlich nur Homofanten?“, fragt er in die Runde. Der Tag plätschert entspannt vor sich hin. Das Meer liegt ruhig, klar, blau, in weiter Ferne tiefblau, vor uns. In den frühen Abendstunden packen wir unsere Sachen und fahren in das Dorf.

26

You`ll never make a Saint of me.

Eine ganze Reihe von Restaurants, Bars und Strandcafés liegt nebeneinander. Wir laufen die staubige, lehmige, mit Steinen aufgeschüttete Straße entlang, den Blick abwechselnd auf das Meer und auf die gegenüberliegenden Restaurants mit ihren Gästen und dem Personal gerichtet. Die Sonne geht rötlich schimmernd im Wasser unter. Die Sonne sinkt wie ein untergehendes Schiff, taucht langsam gleitend in das Meer ein, verschwindet nach einer Weile. Laut meiner Adresse müsste hier das richtige Restaurant sein. Wir bleiben stehen und schauen uns um. Auf einem Tisch stehen eine leere Flasche Whiskey und ein ziemlich voller Aschenbecher, daneben liegt ein Päckchen Marlboro und ein Feuerzeug. Ich sehe Santos. Gekräuseltes Haar, ein nie modisch gewesener Bullenschnauzer, 168 Zentimeter maximal, schlank und sehnig, ein bisschen zu bleich für Griechenland, ein bisschen zu bleich für einen Griechen. Auf einem Bein stehend, ein Stirnband um die Augen gezogen, rauchend, bekommt er Zahlen genannt und rechnet. Ein Kellner liest die auf Bierdeckeln notierte Anzahl der Getränke vor. Die konsumierten Essen, soweit vorhanden, stehen auf einem Block und werden in die Zeche miteinbezogen. Santos rechnet und rechnet, jeder einzelne Gast des Lokals wird abkassiert. Der Kellner in einem mittelmäßig sitzenden schwarzen Anzug führt Santos von Tisch zu Tisch. Santos sieht nichts und hüpft auf einem Bein neben ihm her. „Eine Wette“, klärt uns ein rotwangiger, schwergewichtiger, gutgelaunter deutscher Urlauber im XXL-Poloshirt auf. Er sieht aus wie ein schlicht gehaltener Wohnzimmerschrank. „Der Kleine hat behauptet, er trinkt eine Flasche Whiskey und kassiert danach alle Gäste seiner Kneipe fehlerfrei ab, blind und auf einem Bein stehend.“ Klingt nach Santos. Dass er dabei noch raucht, hat er sich freiwillig auferlegt. Die Stimmung ist ausgesprochen ausgelassen. Die Gäste amüsieren sich, feuern ihn an, warten auf einen Fehler, bestellen noch schnell einen Ouzo. Aus geschmacklichen Gründen, wegen der Wirkung und um ihn zu verwirren. Ein paar Urlauberinnen stehen im Bikini in dem gut besuchten Speiselokal, trinken Cocktails, applaudieren, bewegen ihre Körper cheerleadermäßig auf und ab. Sie sind am frühen Nachmittag auf einen Drink gekommen und hängengeblieben. Der Außenbereich des Lokals wird von einer blau-weißen Markise überdacht, alle Tische sind belegt. Wir setzen uns auf die eingrenzende, weiß gestrichene Mauer und beobachten das Schauspiel. Auch Gereon hat Spaß, gönnt sich ein Zweiblatt, genießt seine Freiheit oder seine Definition davon. Griechische Folklore läuft im Hintergrund. Ein Hetero-Pärchen knutscht unentwegt, sie unterbrechen nur um zu trinken. Sie unterbrechen häufiger. „*Das Leben ist ein bewegliches Fest*, hat Hemingway gesagt", sage ich zu Rainer. „In seinen guten Tagen", erweitere ich. „*Du warst dann auf einer guten Party, wenn du dich im Nachhinein nicht mehr erinnern kannst, auf einer gewesen zu sein.* So sieht das Keith Richards", antwortet Rainer. Der Schrank stellt sich mit einem Drink in der Hand wieder zu uns. „Ich habe mit dem Kleinen um eine Flasche Jack Daniels gewettet", informiert er uns. Das ergibt Sinn. „Wollen wir um zwei Master-Blaster im Tirili wetten, dass er es schafft?“ Ich vertraue der Kombination kleiner Grieche, große Flasche Whiskey zuzüglich Marlboro? Andi lehnt ab. „Das ist mir zu unsicher, dem traue ich alles zu, schon das Hüpfen würde mich unglaublich stressen.“ Der Kellner im abgehalfterten Anzug zeigt einigen Gästen seinen nach oben gerichteten Daumen und grinst, während er Santos sehend begleitet. Er strahlt Zuversicht, Sieger-Mentalität, den Glauben ans Gewinnen aus. Er hat mit verschiedenen Gästen kleinere Privatwetten laufen, um die Tageseinnahmen zu verbessern, genauer, um die Verluste beim Würfeln am Nachmittag wenigstens annähernd auszugleichen. Wenn Santos funktioniert, hat er heute nicht ganz umsonst gearbeitet. Bis jetzt läuft es überragend. Nur noch drei Tische, dann ist es geschafft. Santos scheint in Topform zu sein. Einige Gäste, die er an den Stimmen erkennt, beschimpft er während des Rechnens beiläufig wegen der, seiner Meinung nach, zu geringen Zeche. „Bleib doch daheim, du Jacob, wenn du in drei Stunden nur vier Bier und zwei Ouzo **saffst**, da verträgt meine Köchin mehr, und die ist gerade mal sechzehn.“ Freude kommt auf. Die Gäste lachen, applaudieren, feuern ihn an. Noch zwei Tische. Er hüpft jetzt auf seinem anderen Bein. Der Kellner greift an die Innentasche seines Jacketts, überprüft den Sitz seines Geldbeutels, gedanklich ist er schon beim Auffüllen. Santos zieht das Ding durch, reißt das Stirnband von seinen Augen, verbeugt sich wie ein Theaterspieler nach der

Vorstellung mehrmals in alle Richtungen seines Speiselokals. Er erkennt mich. Ohne auch nur eine Sekunde überrascht oder zögerlich zu wirken, begrüßt er mich. „Pascal, du Jacob, wo kommst du denn her?“ Pascal sagt er seit gefühlten 30 Jahren zu mir. Irgendwann in den Anfangstagen unserer Bekanntschaft hatte er mich in seiner Kneipe mit einem Gast verwechselt, der so hieß. Jacob sagt er zu allem und jedem, kein Mensch kennt den Grund. Er umarmt mich. „Wir müssen eine Ouzo trinken. Sind das deine Freunde?“ Er begrüßt sie, gegenseitiges Vorstellen, er umarmt alle, er euphorisiert. Die Energie seines Auftritts strahlt in ihm nach. Er macht Ivy Komplimente: „Nicht slecht, die Klei-ne.“ Küsschen linke Wange, Küsschen rechte Wange, Kuss auf den Mund. Ivy hat keine Chance, sich seiner Begrüßung zu entziehen. Er ist Grieche. „Kommt der Hippie aus dem Krieg oder ist das ein Kostüm?“, fragt er in die Runde, freut sich über seinen Witz und ruft den Kellner: „Hey, du Jacob, mache doch mal sechs Ouzo.“ Der Kellner ist nicht begeistert, er füllt gerade seinen Geldbeutel und möchte noch zwei Loser abkassieren. Er kommt, wir trinken. Santos winkt den Schrank zu sich. „Wo bleibt meine Flasche Jacki, Kleiner!“ Santos stellt sein leeres Glas Ouzo auf das Tablett des Kellners und ruft `Lokalrunde`. „Und gib dem Kleinen zuerst.“ Er deutet auf den Schrank. Ich höre gerade Rainer eine der beiden Bikini-Schönheiten fragen: „How old are you, young lady?“ Im gleichen Augenblick kommt Gereon und möchte mit Santos pokern. Der redet mit Ivy, erklärt ihr seine Sicht der Dinge, ihre Taille umfassend. Sicher kein politisches Gespräch. Soll ich ihn unterbrechen? Es geht hier auch um Gastfreundschaft. „Santos ist für jede Form von Glücksspiel empfänglich“, erkläre ich Gereon, der sich in abwartender Haltung wieder auf die Mauer setzt und eine Zigarette rollt. Die knutschenden Heteros gehen nach der Lokalrunde einen Schritt weiter, im übertragenen Sinne. Die Köchin bringt vier Pizzen in den Außenbereich des Speiselokals. Der Schrank greift zwei davon ab. Ein Tisch wird frei. Andi und ich setzen uns und bestellen Fassbier. Gereon setzt sich zu uns, wir fangen das Kartenspielen an. Es läuft ganz gut und ich genehmige mir noch einen Ouzo. Irgendwo im Hintergrund höre ich Rainer sagen: „I´m a doctor from Germany.“ Der Satz löst Nostalgisches in mir aus. Ich versuche aus dem Englisch der Cocktailschönheiten auf ihre Herkunft zu schließen, es gelingt mir nicht. Santos führt Ivy durch die Gaststätte, stellt sie Gästen vor, eine all inklusive Kreuzfahrt durch sein Kneipenleben. Auf einem Tisch stehen Holländer und versuchen sich an griechischer Folklore. Gegenüber tanzen Griechen griechische Folklore, wirklich, wahrhaft, lebensnah. Zwei Engländer gehen an die Bikini-Schönheiten ran, prolomäßig, aber selbstbewusst. Der eine drängt Rainer richtig ab. Gereon gewinnt fast jedes Spiel.

Der Kellner würfelt an einem anderen Tisch, ich sehe, wie er seinen Geldbeutel öffnet und Scheine nachlegt. Es bedient keiner mehr. Gäste zapfen sich ihr Bier selbst. Die Bikini-Ladies knutschen mit den beiden Engländern. Die Briten wirken wie klassische Manneskraft vergangener Tage. Kurze Haare, exakt gescheitelt, starrer Blick, Bierbauch, leicht aufgeschwemmte Gesichter. Winston Churchill, ohne dessen Intellekt, ohne dessen Charisma. Die Engländer und der Schrank könnten von den gleichen Vorfahren abstammen. Ich sehe Rainer in einer Ecke stehen, abgedrängt, nicht zum Zug gekommen. Ein Glas Bier in der Hand redet er mit sich selbst. Wenn ich es richtig verstehe, beschränkt er sich auf zwei Worte: Why I, Why I? Der Schrank tanzt mit der halb so großen Köchin und versucht sie abzufingern. Die Musik verändert sich, Rockmusik ersetzt griechische Folklore. Und dann sitzt Santos neben mir. „Wie geht's denn, Robert, alles klar?" „Selbstverständlich, wir hatten einen angenehmen Urlaub, das Leben läuft in geregelten Bahnen", sage ich, weil ich einfach zu faul bin die ganze Geschichte zu erzählen. „Das ist erfreulich. Und sonst?" „Irgendwann steht die Fünf vorne dran…, mein Geburtstrauma habe ich mittlerweile im Großen und Ganzen überwunden, mir geht es gut." „Gehört die Braut zu dir?" „Läuft. Wie geht es dir?"„Die Fünf vorne habe ich gesafft, das war ein Fest, drei Tage gefeiert, nix geslafen." „Und sonst?" „Vielleicht saufe ich ein bisschen viel, aber ich bin topfit. Der Seiß-Whiskey wirkt heute wieder nicht, mein Kopf ist vollkommen klar, das gibt es nicht…Vielleicht saufe ich einfach nur zu wenig.“ „Und der Laden läuft?“ „Klar, seit ich ihn habe. Das war ein runtergekommener Suppen vorher, du glaubst es nicht, eine Säuferkneipe. Da waren nur Spritter hier. Mein Vorgänger, der Jacob, hat nicht einmal Essen angeboten. Jetzt kommen die Leute aus dem Dorf und essen hier. Und die verstehen etwas von guter Küche, nicht so wie die Touris, denen man alles vorsetzen kann…“ Ich schaue den tanzenden Griechen zu, die in russischer Manier ihre Schnapsgläser nach dem Austrinken an die Mauer geworfen haben und zur Rockmusik griechische Folklore weitertanzen. Es beginnt *Jumpin`Jack Flash.* „Die wollen mich auch noch zum Bürgermeister wählen, die spinnen. Das mache ich nicht. Wer soll denn dann das Seiß Bier hier zapfen, kann doch sonst keiner…“ Er zeigt auf den Kellner, der mit dem Kopf nach vorne gebeugt auf seinen Handflächen liegt und am Tisch schläft. *I was born in a crossfired hurricane…* Die Engländer laufen mit vier frisch Gezapften an unserem Tisch vorbei. „Spielst du noch Fußball?“ „Vergiss es, die jungen Kerle haben nichts drauf. Keine Ahnung, was da los ist mit dem Nachwuchs. Eine Körpertäusung und du bist an drei Spielern vorbei. Das brauche ich nicht mehr.“ „Das macht doch Laune.“ „Weißt du, ich habe zur Zeit keinen Führersein, die Seiß Bullen…“ „Und?“ „Der

Fußballplatz ist zehn Kilometer weg, da fährt kein Bus hin." „Brauchst du unbedingt einen Führerschein? Reicht nicht ein Auto?" „Die Aslöcher haben mich zweimal ohne Führersein erwisst, bin auf Bewährung draußen." „Ach so. Und sonst, wie geht's der Tochter?" Sein Gesichtsausdruck nimmt einen anderen Zug an. „Sie ist vor zwei Jahren mit ihrer Mutter zurück nach Polen. Das war alles zu viel hier, immer Stress." „Wem war es zu viel? Deiner Tochter oder deiner Frau?" „Der Alten natürlich, meine Tochter wollte nicht weg, sie liebt mich, sie hat geheult und geheult, slimm. Sobald die Saison vorbei ist, besuche ich sie. Noch eine Ouzo?" „Einverstanden. Fliegst du dann nach Polen oder lässt du dich von deiner Köchin fahren?" „Die ist ein bisschen jung…, ich fliege, ich muss nur noch ihre Adresse rausbekommen." Tränen laufen die Wange entlang, bremsen an den Bartstoppeln, verweilen am Kinn, trocknen. „Spätestens im Winter bin ich dort, ich smeiße die ganze Seiße hier hin." Instinktiv schaut er zum schlafenden Kellner. „Den smeiße ich morgen raus. Säuft wie ein Großer, verträgt wie ein ganz Kleiner." Er steht auf, läuft zum Tresen, kommt mit einer Flasche Ouzo zurück, landet nicht unmittelbar an unserem Tisch, trinkt mit einem anderen Gast, kommt dann zu uns und gießt fünf Ouzo ein. „Habt ihr Geld, ihr Jacobe? Ihr werdet es brauchen." Er nimmt die Karten, mischt und teilt aus. „Von dir nehme ich Dope, der Seiß-Alkohol wirkt bei mir nicht“, bietet er Gereon an, der trotz Augenklappe den Durchblick behält und die meisten Spiele gewinnt. Ich trinke auch noch eine Ouzo. Das schlechte Blatt, Santos‘ Geschichte und überhaupt. Ivy sitzt auf einem Barhocker im Lokal am Tresen, trinkt Caipi, zwei Holländer flirten sie an, im Rahmen ihrer Möglichkeiten. Später sehe ich Rainer in einer hinteren Ecke im Innenbereich mit einer gut gebauten griechischen Mama knutschen. Noch später trinkt Santos Whiskey aus einem Glas, seine freie Hand hat eine Flasche Ouzo fest im Griff. Viel mehr nehme ich nicht wahr, die Bilder verblassen, ein Nebel liegt zwischen mir und dem Geschehen. Alles zu spät kam für mich, nach meinem Geschmack, ein wenig zu früh.

Am nächsten Morgen serviert uns die Köchin, leicht angezählt, aber irgendwie trotz allem jugendlich frisch wirkend, Kaffee, Toast und Ei. „Santos ist nicht wachzukriegen, ich habe alles versucht“, erzählt sie uns. „Unser Kellner kommt erst in den Nachmittagsstunden und würfelt in jeder freien Minute. Wenn er gewonnen hat, kommt er am nächsten Tag überhaupt nicht. Aber das ist nicht so schlimm, er verliert meistens, darauf kann man sich verlassen“, erzählt sie weiter und schenkt uns Kaffee nach. Wir zahlen für Übernachtung, Frühstück und die Zeche von gestern, soweit rekonstruierbar. Zum Abschied überreicht Gereon drei Panflöten für Köchin, Kellner und Big Boss, im Sinne der

Gleichbehandlung aller Völker und Bevölkerungsschichten. Der Außenbereich liegt noch im Originalzustand vor uns. Leere Flaschen, Schnapsgläser, Pizzateller, volle Aschenbecher, Bierkrüge, Scherben, halb gefüllte Cocktailgläser. Gäste sind keine mehr da. Am Boden liegt eine ausgetrunkene Ouzo-Flasche neben einem Whiskeyglas.

27

„Hatten wir nicht eine schöne Zeit zusammen, Gereon?“, frage ich. Wir stehen vor Thessalonikís Flughafenhalle. „Die Zeit ist ein kostbares Gut, sowohl die Lebenszeit als auch die Zeit als solche. Ich führe mein Leben auf verschiedenen Zeitebenen, im Moment....“ „Wir müssen einchecken“, sagt Andi, „in anderthalb Stunden geht unser Flug.“ „Was wirst du jetzt tun?“, fragt Ivy. „Ich schaue mal, wer in meiner Höhle auf mich wartet.“ Ivy schaut ihn erstaunt an. „Ich werde mir das Wachstum meiner Pflanzen anschauen, um die Frage detailliert zu beantworten.“ Er nimmt einen tiefen Zug von seiner selbstgedrehten Zigarette und fährt davon.

Eine Menge Menschen hält sich am Flughafen Thessalonikis auf, wartet auf ihren Abflug, steuert die

Rückkehr in alte Lebensgewohnheiten an. Andere warten auf lange vermisste Bekannte, die in Kürze ankommen werden, warten auf ein Wiedersehen. Leicht bekleidete Urlauber, braungebrannt, erholt, plaudernd und predigend, ein bisschen aufgeregt wegen des anstehenden Fluges, dominieren die Szenerie. Ein Junge steht neben mir in der Schlange zur Gepäckaufgabe. Er lässt in Basketball-Manier ständig einen Gummiball auf den Boden prallen. Seine Eltern stehen vor uns an. Sie haben sich mit der Situation angefreundet, der Junge ist im Moment gut aufgehoben. Rainer kaut Kaugummi. Aus den Augenwinkeln schaut der Kleine auf das Gesamtkunstwerk Rainer Town. Auf seine Turnschuhe, seine Cap, die Tattoos. Der Kleine orientiert sich neben seinen Eltern auch an anderen Erwachsenen, lobenswert. Ivy mit ihrer schönen, lesbaren Handschrift schreibt Schilder, die den Koffern bei Fehlverladungen den richtigen Weg weisen werden. Andi schaut sich um, schiebt mit dem Fuß seinen Koffer zentimeterweise weiter, registriert zentimeterweise den Fortschritt in der Abfertigung. Griechische Familien stehen in der Schlange mit einer Menge Gepäck. Sie sind auf dem Weg zurück nach Deutschland, um ihre Pachtverträge in den mehr oder weniger aussichtsreichen Speiselokalen zu erfüllen. Vielleicht gelingt es, später den Lebensstandard in ihrer Heimat zu erhöhen, vielleicht. Wir kommen kaum vorwärts. Warten gehört zum Reisen. Ich erwarte momentan nicht viel, freue mich auf den Flug. Es geht weiter. Befreit vom Großteil unseres Reisegepäcks laufen wir zur Zollabfertigung und stellen uns wieder an. Der Metalldetektor piepst während der Handgepäck- und Personenkontrolle bei einem Mann vor mir. Er hat alles Erdenkliche abgelegt, trotzdem reagiert der Detektor. Unvermittelt fällt mir das Wort `Penis-Piercing` ein. Der Typ vom Sicherheitsdienst stellt ihm keine Fragen. Er tastet ihn ab und lässt ihn passieren. „In der Position sind Frauen klar unterbesetzt vertreten, da bin ich für die Quotenregelung“, kommentiert Rainer, nachdem der Sicherheitsbeamte ihm über die Dreiachtelhose gefahren ist. „Ich bin generell dafür, dass Frauen die Arbeitswelt übernehmen und wir uns langsam davon verabschieden. Das Problem `zu wenig Frauen in Führungspositionen` wäre damit auch hinfäl-lig.“ „Alice Schwarzer wird dir ein Denkmal setzen.“ „Alice Schwarzer wird immer irgendetwas finden, das ihrem Gerechtigkeitssinn zuwiderläuft. “Wir warten auf Andi und Ivy, schauen zu, wie die Security-Frau Ivy abtastet. Auch nett. Zusammen laufen wir zu unserem Gate, setzen uns und betrachten durch die riesigen Glasfenster herumstehende Flugzeuge. Sie werden für die nächsten Transporte gesäubert, beladen und entladen. Die Kleinfamilie von der Gepäckaufgabe sitzt auf in Wabenmustern geflochtenen Metallstühlen. Der Vater liest den politischen Teil der FAZ. Die Mutter hat ein

Buch aufgeschlagen und beobachtet den Junior, der um die Stühle herumrennt. Er läuft an uns vorbei, dreht noch eine Runde. Er fängt an mit seinem Ball zu spielen, kommt dabei immer näher in unsere Richtung. Nach einer Weile spielt er direkt vor uns. „Ivy, Täubchen, wollen wir ein Kind adoptieren? Eine gute Beziehung hast du ja schon." „Nicht mit dir, da wäre ich von Anfang an alleinerziehend." Andi schaltet sich ein. „Rainer, zeig doch dem Jungen, wie man mit einem Ball richtig jongliert. Man nimmt die Füße und tatscht nicht mit den Händen den Ball auf den Boden." „Soll ich?" „Frag nicht wie ein Dreijähriger, nimm den Ball und bring dem Jungen etwas bei." „Geht klar." Der Kleine ist sofort stolz, als Rainer ihn nach dem Ball fragt. „Natürlich", antwortet er und ist richtig erstaunt, wie gut Rainer jongliert und noch erstaunter, als Rainers Hosenbeine beim Jonglieren nach oben rutschen und auch an den Beinen durchgehend Tattoos freilegen. „Warum hast du so viele Tätowierungen?" „Ich bin Seemann", antwortet Rainer, der von einigen Anwesenden beim Jonglieren begutachtet wird. Ein ungewohntes Gefühl, so viel Publikum ist bei einem gewöhnlichen B-Klassen-Fußballspiel nicht vorhanden. Er genießt es, so nebenbei sein Können zu zeigen. „Aber du wartest doch hier auf ein Flugzeug und nicht auf ein Schiff?", fragt der Junge. „Weißt du, Kleiner, eigentlich ist es so: Ich habe die Tattoos wegen den Weibern, das kommt bei den meisten gut an. Aber sag es bitte nicht deiner Mutter.“ Er überlegt kurz und ergänzt: „Und auch nicht deinem Vater.“ Eine große Freundschaft bahnt sich an.

Nach dem Start fliegen wir durch ein Dickicht von Wolkenfeldern. Weiße, nebulöse Partikel. Ivy und ich sitzen im mittleren Bereich des Flugzeugs, Rainer und Andi zwei Reihen hinter uns. Sie spielen mit dem I-Phone *Pin Ball*. Von Zeit zu Zeit höre ich Rainer fluchen. Ivy ist eingeschlafen. Ich lese, schaue aus dem Fenster, lasse mich treiben, lasse alle umliegenden Geräusche und Gespräche auf mich wirken. Hintergründig nehme ich Gesprächsfetzen aus den Reihen vor uns auf. Zwei Cognac trinkende Männer um die Fünfzig unterhalten sich. „Was soll das denn sein? Ein Roman? Literatur? Musik?“ „Ich glaube, es ist eine Mischung.“ „Musikalische Elemente kann ich noch akzeptieren, aber in der heutigen Zeit einen Hippie in einem Roman auftreten zu lassen, das ist antiquiert, mehr als angestaubt, das interessiert niemanden mehr.“ „Ach, ist doch ganz witzig gemacht. Es gibt Bücher, die angestaubtere Themen aufgreifen.“ „Du mit deinem Positivdenken. Die Dialoge des Ich-Erzählers sind zu selbstgefällig. Ein arroganter Arsch, und das Frauenbild, armselig. Wie kann man eine Person auf eine einzige Charaktereigenschaft reduzieren, ausschließlich `auf Frauen fixiert`? Das ist doch unmöglich, das gibt’s doch nicht.“ Klingt interessant, geht mir durch den

Kopf. „Na ja. Ein Bekannter von mir fickt alles, was ihm über den Weg läuft. Seit Jahren. So weit hergeholt ist das nicht.“ „Und wenn schon, warum handelt er so? Erfährt man etwas von den Beweggründen? Das macht ein gutes Buch aus.“ „Nein, aber das kann Absicht sein. Der Leser soll selbst denken.“ „Ich sehe da eher Unvermögen. Und hätte mir mehr Sex in dem Buch gewünscht, lebhafter dargestellt. Ich möchte nicht den BH beschrieben haben, ich möchte die Beschreibung der Titte.“ Ich sollte die beiden nach dem Autor fragen. Sie bestellen Cognac nach. „Unangenehm ist mir aufgefallen, dass diese Geschichte, wenn man sie überhaupt als solche bezeichnen kann, dermaßen vom Suff dominiert wird. Urlaub hin oder her, ist das eine Abbildung der Wirklichkeit?“ Das Buch kaufe ich mir als Nächstes, so viel steht fest. Ich lese *Pulp* von Charles Bukowski weiter. Er beschreibt sein Alter Ego, einen Detektiv: *Sie kam in mein Büro herein und mir ging einer ab. Und ich rede hier nicht von Stuhl.* Der Mann hatte Humor. Die Stewardess serviert den Cognac. Sie beugt sich nach vorne, nimmt die leeren Gläser entgegen, stellt die neu gefüllten auf den ausgebreiteten Klapptischen ab. Der dem Gang zugewandt Sitzende schaut ihr lange nach. „Es ist schwierig, ich komme mit dem Kunstverständnis vieler Autoren nicht mehr klar. Wieso sollten denn fast Fünfzigjährige so leben wollen wie mit Anfang zwanzig? Das ist mir alles zu sehr an den Haaren herbeigezogen, zu konstruiert. Wird denn ein einziger Orgasmus gekonnt beschrieben?“ „Mir hat es gefallen. Schau dir die Stewardess an. Nicht übel für German Wings, oder? Wie läuft`s denn privat?“ „Ich kämpfe mich gerade durch meine dritte Scheidung. Trinken wir noch einen?“ „Von mir aus. Tut mir leid.“ „Ein Hin und Her, eine Katastrophe. Das wäre ein Thema für einen Roman, einen Tausendseiter könnte ich daraus machen.“ „Tausend Seiten über einen Scheidungskrieg? Da lese ich lieber das Telefonbuch.“ „Den Titel habe ich schon. `The End.`“

28

Vom Wind aufgewühlte Blätter fallen von den Bäumen. Laub liegt auf den Straßen, in den Parkanlagen, Laub weht durch die Gassen. Es ist Herbst. Der Wind beflügelt die Blätter, Wind wirbelt am Boden liegendes Laub auf. Ich laufe auf direktem Weg ins Reu, eine meiner Stammkneipen, setze mich an den Tresen, bestelle ein Bier. Die Bedienung duzt mich, ganz schön dreist. Ich bestelle nach kurzer Zeit noch eins. Eine zerstrittene Nacht verdunkelt meine Gedanken. Könnte meinen Beziehungsstatus erfragen, habe keine Lust. Streit bis in die Morgenstunden wegen nichts und wieder nichts. Die falschen Gefühle. Wach liegen, sich anschreien, sich hassen, zermürbendes Reflektieren. Wo bleibt das Annehmen und Wertschätzen des Lebens? Life is rich. Aufstehen, liebeskrank und erschöpft. Wie regenerieren? Duschen, fernsehen, onanieren? Sport machen, belanglos einkaufen gehen, sich erschießen? Nichts davon oder alles auf einmal? Jede Entscheidung wirkt falsch und überfordert. Keine Lust zu planen, keine Lust in die Zukunft zu schauen. Den ganzen Tag aus dem Gleichgewicht gebracht warte ich auf bessere Gefühle. Das zweite Bier signalisiert genau das, es geht in die richtige Richtung. Ich bestelle ein Drittes. Vielleicht sollte ich mich sozial engagieren, zukünftig noch irgendetwas `Sinnvolles` machen. Das gibt viel zurück, sagt man. Das wäre dann wieder Eigennutz, aber der Beweggrund ist letztendlich egal, die Sache an sich bleibt gut. Genau genommen, wenn ich den Dingen auf den Grund gehe, aus Erfahrung, weiß ich, dass wahrscheinlich keine Taten folgen werden. Was hat Reinhold Messner gesagt? *„All das vorgetäuschte `Gutmenschentum` widerspricht der menschlichen Natur, ist es doch nicht auf Achtung der Gemeinschaft, sondern nur auf Reputation aus.“* Der Reinhold wird es schon wissen, dem glaube ich. Es fällt mir noch ein Satz von ihm ein: *„Weil das Leben rasch vorbei ist, sind Ferien auf dem Ponyhof besser als gar nichts.“* Andi kommt in die Kneipe und setzt sich neben mich. „Ein Stress heute, ich bin total müde. Bis vor zwei Stunden habe ich gearbeitet.“ „Was hast du gemacht?“ „Ich habe verschiedene Kohlenstoffe mit zwei unterschiedlichen Messmethoden auf ihre Porosität hin untersucht." „Ah ja. Und?" „Ich bin zu abweichenden Ergebnissen gekom-men." „Hm." „Dann habe ich die Ergebnisse interpretiert." „Wen interessiert das denn?" „Da fahren alle drauf ab", antwortet Andi. „Kohlenstoffe sind in den Batterien. Die Hersteller der Elektro-Autos, Hybrid-Antriebe, E-Bikes. Die Langlebigkeit des Akkus ist **das** Thema." Der Arzt ohne Grenzen kommt hereingeschneit. Grinsend, guter Dinge betritt er das Lokal, mustert die Bedienung, bestellt ein Bier und setzt sich zu uns an den Tresen. „Hi Rainer, alles klar?" „Überragend. Ich habe vor einer Woche ein neues Mäuschen kennengelernt. Zuckersüß, das wird was, Alter." „Schön." „Da ist alles mit dabei: Liebe, Gefühle, Emotionen und sie kann was. Wir haben schon mal **tagsüber** etwas zusammen unternommen, waren Badminton spielen." „Du entwickelst dich weiter. Ich habe immer daran geglaubt. Wie sieht sie denn aus?" „ Hat was, schon auf den ersten Blick." „Kenne ich sie?" „Denke nicht, sie macht gerade ein Praktikum bei uns in der Geriatrischen." „Wie alt?" „Mitte zwanzig." „Hast du ein Bild?" „Klar." Rainer bringt sein I-Phone zum Leuchten, fährt die Bildergalerie hoch und zeigt mir den Bildschirm. Ich sehe ein paar von oben fotografierte, wohlgeformte Titten. Rainer scrollt weiter, zeigt mir die nächste Aufnahme: Brüste im Seitenprofil, dann noch ein Bild: Die Brust von vorne abgelichtet. „Nicht schlecht, aber wie sieht sie denn aus?“ Er schaut mich an, scrollt ein paar Aufnahmen weiter und zeigt mir ein komplettes Bild von ihr. Eine attraktive Frau, ein hübsches Gesicht. „Wo machen wir denn Party heute?“, fragt Rainer, während er sein Smartphone einpackt. „Keine Ahnung.“ „Wir gehen erst ins LOma und dann in die DOrfdisco“, schlägt er vor. „Wie seit 25 Jahren, das klingt wieder nach Weiterentwicklung.“ „LOmierung und DOdierung, Alter!“ „Auf dem Boot ist Midlife-Club-Disco für Leute um die vierzig“, sagt Andi. „Spinnst du, ich gehe doch nicht zu den Gesichtsrentnern.“ „Würde nicht auffallen, im Gegenteil“, sage ich. „Da gehe ich auf keinen Fall hin, ich schaue mir doch nicht an, wie sich Männer und Frauen in den Vierzigern aneinander reiben.“ Die Absurdität dieser Betrachtung verbessert meine Laune. Ich bestelle noch ein Bier um meine Erinnerungen an gestern neu zu bewerten, sie zu überschreiben, um sie mit neuen Informationen zu vermischen. Lomierung, Dodierung, Modifizierung.

There`s a tramp sitting on my doorstep
trying to waste his time.

(“Jig-Saw Puzzle”, Jagger-Richards)

25990266R00128

Printed in Poland
by Amazon Fulfillment
Poland Sp. z o.o., Wrocław